三度のめしより

北川朱実

思潮社

三度のめしより

北川朱実

思潮社

目次

装画＝浅川洋　写真＝阪本博文、萩原健次郎、著者

三度のめしより

落丁の多い書物

祭が好きだ。北は北海道から南は九州沖縄まで、全国津々浦々祭を追いかけて旅を続けるテキヤのアニさんアネさんを眺めて飽きることがない。

〝テキヤ〟とはどういう意味だろう。角川の国語辞典を引くと、「あたればもうかるという意。不良品を売る大道商人。香具師」とあり、小学館は「盛り場の道ばたなどで、安物を売る商人」とある。当人が聞いたら石をぶつけられそうだが、「芝居なんてものは、おでんみたいなもので、はんぺんもありゃ、しのだもあり、こんにゃくもありゃあ、ちくわもある」（六代目菊五郎）ふうに言うなら、「ヤクザもいりゃ、元サラリーマンもいる。元歌手もいればビリヤードの名人もいるし、下着泥棒をつかまえた人もいる。元先生だっている」となる。ひねにひねた先生の中には受験相談で、「あなたは東大　あなたは阪大　あなたは高知大　あなたはばか　あなたはエッチ」（林嗣夫「先生賛歌」部分、『教室』）などと言う人もいる。

人、人、人の中を、右へ左へ揺れながら歩いていくと、〝ベビーカステラ〟の屋台前で、口の端にソースをつけたおじさんが、ポカンと口をあけて立っている。ドラえもんの顔をしたひと口カステラを、せんまい通しで機械のようにポンポンはじき出す兄ちゃんに、釘づけになっているのだ。口をあけていたって、試食させてくれないから、一袋五百円を買う。ふくらんだ袋の中にひとつかみしか入っていない。さすがだと思う。

隣はクレープ屋。小麦粉に卵を入れて、うす皮のようにのばして焼いたものでバナナをくるみ、その上から液体チョコレートをかける。「お好み焼きなど人間の食うものではない！」と断言した詩人寺島珠雄がこれを見たら、気絶するかもしれない。

ごはんの上にアンコ入りの饅頭を割ってのせ、お茶漬けにしたのは森鷗外だし、タヌキやガマガエルを味噌汁にしたのは志賀直哉で、塩辛トンボや蟬をあぶって食べたのは坂口安吾だが、負けず劣らずのこのチョコバナナは、だが売れること売れること。「買わないのならあっちへ行け」とクレープ屋に睨まれ、ふらふらと四ッ辻を折れたあたりで、古本の叩き売りが始まった。

古い大きなお寺の境内で
素人相手の
古本のせり市が開かれた。

「世界の旅」端本九冊
「現代の名局」欠本あり
「まんが　ドラえもん」美本全揃

「東洋思想叢書」五冊だけ
「信仰の友」全揃、少々汚れあり
「吉井勇歌集」その他十冊一くくり……

そのあとから
エロ雑誌ばかりの薄汚れた一束《たば》が出てきた。
——こいつはお買得、安いぞ、エーッと
　三百からいこう、エ、三百円、三百円、
　これだけドーンとあって三百円……

うしろの方から小さく
三百五十円と一声あったきりで
あとが出ない。
ザワザワと笑い声ばかり。
——これだけ読んでごらん
　若いもんでも鼻血出して堪能するよ、全く、エ、もう一声、もう一声、ないかッ
よしッという声がして
小柄な眼鏡の老人が前列に居て叫んだ。

——四百円だッ
ほんのり上気して生徒のように手を挙げている。
——四百円でおじいちゃんに落ちました。
　老後のおたのしみで結構やねえ……
若いせり係が呟くと
皆ドッと笑った。
陽が翳った。

眼鏡の小柄な老人は
エロ雑誌の一束を重たそうに抱えて
ソロソロと帰って行った。
お寺の本堂の前で
ちょっと頭を垂れてから……。

（天野忠「夕日」、『古い動物』）

野分のように言葉をまきあげまきあげ、人を追い込んでいくセリ男もいいが、何といってもエロ本を抱えた老人が、帰りぎわに本堂にちょっと頭を垂れるのがいい。悪いことなど何もしていなくても、何となく神サマや世間サマにひけめを感じる時が人にはある。
四十を過ぎて、ある日突然会社に辞表を叩きつけて帰ってきた父は、それから毎日のようにどこかへ出かけては、古本を抱えて帰ってきた。伏目がちだったのはエロ本だったからかもしれないが、二束三文で買い叩いた本にも掘出し物はある。夏の夕暮れ時、庭石に腰かけて茶色に変色した本を読んでいた父は、「漱石の初版本だ」と言ってふいに顔を赤らめた。表紙のとれた本をしみじみとながめていた父は、そこに、自らの半生を見ていたにちがいない。ある日、そのシミのついた本をまたいだ私を、烈火のごとく怒った。鬼の形相だった。

文字は大事にせねばならない。
文字こそ私たちの命をあらわすものだから。
書かれた文字の上をまたいではならない。
たとえ印刷された文字の上でも
踏んづけて通ることは乱暴至極である。
むかしの人は
びっくりする程文字を大事にした。
泉鏡花という明治の文豪は
指で空中に書いた文字でさえ
きれいに消す真似をして清めた。
十分に消したかどうか
もう一度空中をたしかめたという。

お判りか。

（天野忠「文字」、『掌の上の灰』）

四十年を生きた者には四十年の、五十年を生きた者には五十年のプライドがあるのだろうが、失業してから、土地も家も折り紙のようにたたんで納豆売りをし、焼きいもを売り歩き、シイタケ栽培に失敗したあげく蜜蜂を追ってアカシアの花の咲く北海道へ出奔した父は、三年後に姿をあらわすと夜店に古本を並べた。その狂気を私は、長い年月正視できなかった。

「ひとは、どのようなものに対しても〝誠実〟に向き合った時の表情は〝さびしげ〟である」と言ったのは司馬遼太郎だが、満開の桜並木にはかならず一、二本さびしい木がある。祭の人足が途切れたあたりに、ポツンと店を出すテキヤがいる。昨日はそれが綿アメ屋だった。両手に金魚やヨーヨーをぶら下げ、面をかぶった子供らが、「もー、こんなに金魚を釣っても飼えないからね」と親に頭をこづかれこづかれ帰っていく道の暗がりで、男は、ひとりさびしく陣を張っている。他のテキヤが口八丁手八丁でまがい物を売りつける中、誰も買わぬ綿アメを黙ってひたすら作り続けて、顔を上げない。ふところに隠した半生の柄《つか》に手をかけ、全身で世間との距離をはかっている気配がする。

ある夜、そんなふうに人の途切れたあたりに、ポツンと裸電球をぶら下げる男がいた。青いビニールシートを敷いた上に、古本を四、五十冊並べ、琉球風鈴という名の赤や黄や青の色鮮やかな風鈴をぶら下げたハンチングのその男は、だが、うつ向いたまま、のぞき込む客には目もくれず文庫本を読んでいた。瓦職人には数学が必要なように、闇商売には文学が必要なのだろうが、近づくと、男は眠ったふりをした。あれは父ではなかったか。

ここまで書いて、ふいに思い出した。退屈な詩行から逃がれるかのように、父が、ありったけの力で詩集から落丁したことを。

「ご恵送をありがたく思いますが」

もう二十年も前のことだが、丁重なことわり書きとともに詩人から返送された詩集をめくると、花鳥風月をおかずに、酒を飲んでいた父のページが落ちていた。

はみ出そうとする本性を、ふろくのように体にはさんで人も獣も生きていく。時折、そのふろくに誘惑されて道を間違える。

英語でオポッサムをきめこむというと
死んだ振りをすることだそうだ
死んだ振りをして生きる——
これはタフでないとできない生き方である
じっさい
このオポッサムという夜行性の小動物
火搔棒で頭をなぐられても

しばらくはぐったりしているが
ひょっこり起き直ると
いきおいよく逃げ出す
頭がかたいだけではない
かたくてタフなのである

ああ
どんなに頭がかたくてタフでも
思い出すことはあるのだ
思い出しただけで胸が熱くなる
名前の一つや二つはあるのだ
夜空の南十字星を見上げていると
懐かしい声が聞こえてきたりする
空耳だとわかっていてもオポッサムは
なにかひどく明るいものに誘われて
ふらふらとよろぼいでてしまうのだ

だから

ニュージーランドのハイウェイが山合いに
かかると
ほとんど百メートルおきに
タフなオポッサムたちが
死んだ振りをして死んでいる。

（林堂一「オポッサム」、『ダゲスタン』）

「泳げない男が川の近くを通った時、川の中から助けてくれと叫ぶ声がした。しかし飛び込んだら自分もおぼれてしまうだろう。人を呼びに行っても間にあわない。かといって、知らぬふりをして家へ帰ったら、助けてくれという声の幻聴に悩まされるにちがいない。だから、この時代の人はみな川の近くを通らない」とカミュは、現代人の本質をみごとに書いたけれど、この詩の中で、あぶない場所へふらふらとさまよい出て時の車輪に巻き込まれたオポッサムが、血のぬくみを残して大きな空の下で夢を見ている気がしてならない。

「神々の言葉や高貴な観念とは無縁の厄介な愛や、スケベや、諸々の反社会的な事々が、私達個人の中を大河となって流れている」と山本夏彦は書いたが、その大河を、時にひどくなつかしいものに誘われて人は流されていく。流されながら、死んだふりをして夢を見る。

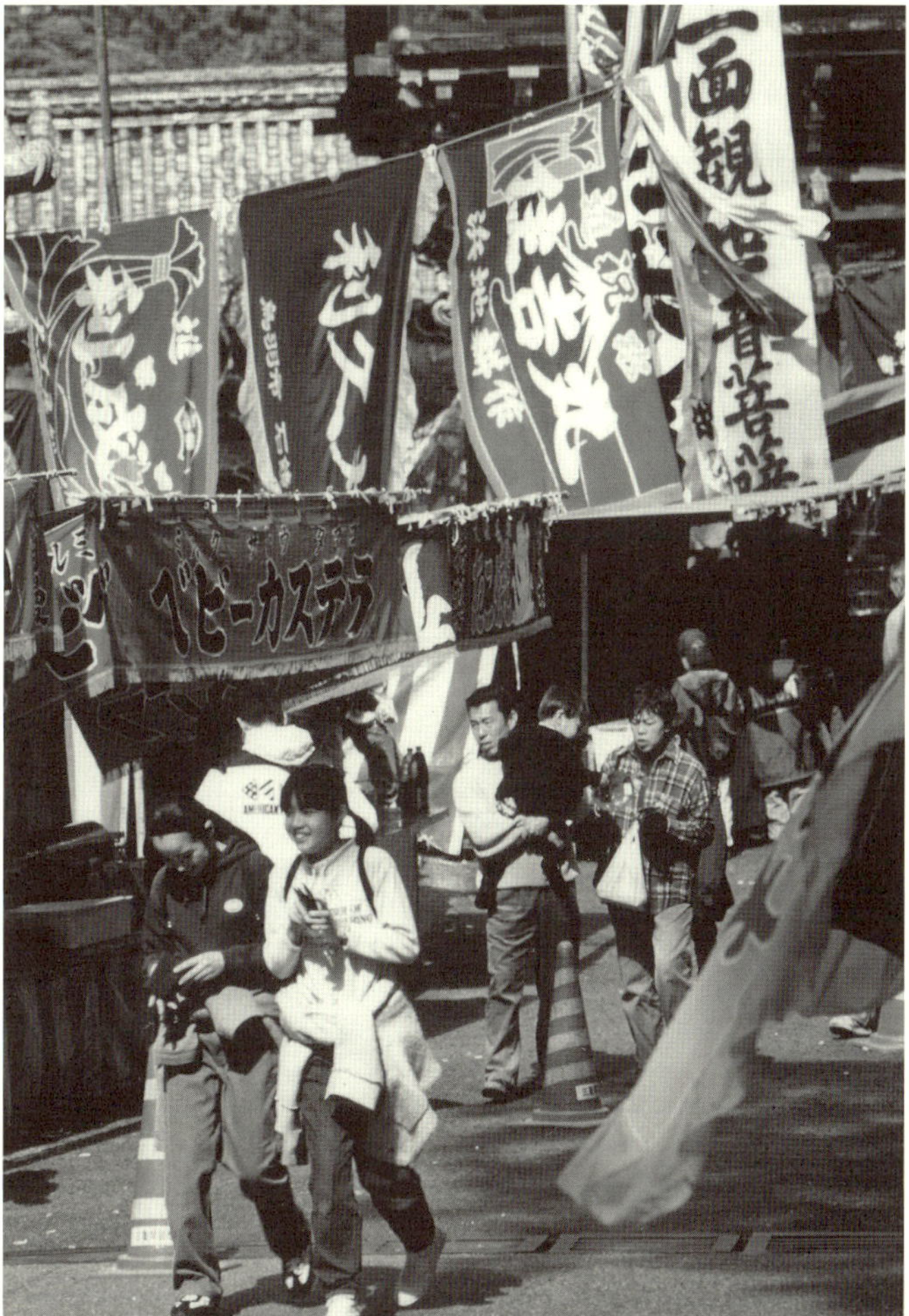
ベビーカステラ

いい年というのは

カサブランカの花が
一番好きだといったから
その花を買って
スナック『京』に入った
白々と光を放つ花びらを
眺めるあなたの眼と
ぼくを見下ろす眼とは
格段の違いがあった

傍らから
いい年をして　といわれたが
いい年というのは

空に向けて立たせたら
どの位の高さなのだろう
どんなに年を重ねても
ぼくの想いの高さには
届きそうにもない

＊

石神井池で
ボートに乗って遊んだことがある
あなたとぼくを結んだ関係は
池とボートのそれでしかなかった

ぼくが池で
あなたがボートならよかったし
その逆が
今夜も続いている

（松田克行「大きな空しさ」部分、「ぼん」十六号）

この詩を読んで、遠い日に失った玩具のような雲を、青い空に見つけた気持ちになった。人を恋する思いを、こんなふうに紙にしずめることができるのだ。むかし、その人が留守だとわかっているのに、何度も電話をかけたことがあったけれど、詩は、そんなふうに泣き出しそうな自分に語りかけるものであっていい。負け続けることによって輝きを増すことがあるのだ。片思いの人に花を贈る。そんな小さく光る切符のような希望に、私たちは生かされている。

それにしても〝いい年をして〟のいい年とは、どのくらいの年のことなのか。「いい年をして」のあとには「恥を知れ」がきて、世間に包囲された気持ちになるが、しかし、人間の羞恥心ほど複雑なものはない。芸能人の着るあの派手な衣裳は、「普段は着られないような服」という条件で、税務署から必要経費として認められているそうだが、よく考えたら、その衣裳を着てスーパーに行けるかどうかは、本人の羞恥心の問題だ。たとえば小林幸子の、あの街じゅうのネオンをかぶったようなギンギラの衣裳はどうなのか。立川談志の、年に似合わない凝ったデザインのブルゾンと、額のバンダナはどうか。美輪明宏の、巨大な蝶が羽を広げたようなドレスは一体どうなんだ、え？　ということになる。

中年になるとロッテリアとかマクドナルドとか、ケンタッキーとかに行くのはちょっと恥ずかしい。なぜ恥ずかしいか。やはり、「いい年をして」という思いがあるからだ。だいたい三百円のバーガーを食べに来た客に、「いらっしゃいませ」を三人も四人も連呼する必要があるの？　言われたこっちが恥ずかしい。

オバさんもオジさんもごはんが好きだ。貧乏時代に腹いっぱい食べれらなかったぶんを今ここで、という目をしてライスバーガーを注文する。ライスバーガーは、ごはんを丸い型わくに入れて押し固めたものだが、型わく通り丸くなって手も足も出せないそれを見ると、「無理は承知の上だ。社内規定で僕もつらいが、戻った時の席はナニしておくから」と言われて片道二時間の支店へ飛ばされた日を思い出す。

きのうは、会社の同僚と飲み屋に行っておでんを食べた。店の主は皿に大根とはんぺんと糸コンニャクを入れ、それからおもむろにしゃもじでつゆをかけた。つゆはほんの少し。大根やつみれがかろうじて濡れる程度の量だった。「もっとつゆ入れてよォ」と言いたかったが、やめた。「いい年をして」のいい年とは、きっと、おでんのつゆを追加請求できない年なのだ。

きのう落とした釦が、夕焼けに拾われてにぶく光っている。いい年をした人は、そんな泣きたくなるような予感を抱いて生きていく。

〈拝復〉と書いたまま
ペンが止まっている

とめどない雨も
止んでいるようだ

あとをどう続けるか
どのように書いてもよさそうで
何を書いても
結局は口先だけになって
先方もそれに気づくだろう

この季節の紙は
言葉もインクのように滲む

先方の真意をどこまで忖度していいのか
独りずもうになるのではないか
それでたがいに気まずくなるようなら
あえて返信はしないほうが
いいのかもしれない

だがそれも自分への口実で
せめてハガキででも
挨拶は返さなければならないだろう

心の重い空白が
便箋に言葉を連ねるほど広がってゆく
ハガキ一枚で簡単に済ますほうがいいのだ
がそのための言葉が見つからない

大粒の水滴のようにハエが落ちてきて
湿った脚でハガキを這いまわる
拝復のすぐ下でしばらく休んで
何か込み入った漢字に見える

（中崎一夫「梅雨」部分、「詩学」一九九七年九月号）

ペンを置いたまま、人とのつなぎ目に手をかけてのぞき込む人が見える。のぞき込むうち文字がにじんで、流れ出すのが見える。人という文字は、一本のつっかえ棒に支えられて簡潔だが、生きていくうちに何かややこしい漢字に見えてくる。人と向きあう時は、いつも不安だ。世間は面の皮が厚いのだから、冬の夕焼けのような鮮やかな嘘をつけばいいのだろうが、こまごました土地の事情により、河川がこまごまと折れ曲がりこまごまと枝分かれする島国ニッポンの、こまごました利害関係の上で生活する私たちは、いつも立ち止まって苦悩する。
そんな世間を見すえていたのか、雑誌社の原稿依頼を受けて、「書きません」と一言で終わらせたのは坂口安吾で、菊池寛は、「創刊号は三千部刷り、二月号は四千部刷った。三月号は六千部刷るつもりだ。が、一万部売れても得はしない」と「文藝春秋」編集後記に露骨に書いた。また、立川談志は、「最近の落語家は、自分の出番で客に帰られると、終電車にまにあわないのだろうとか言い訳するけれど、惚れた女がやらせるって言ったら、朝までだって待つ。おもしろくないから帰っただけだ」とズバリ本当のことを言った。芸術の芸の字も感じられぬこれらの言葉に、けれども胸のつかえが降りた気持ちになるのはなぜか。それはただ一つ。これらの言葉を言いたくても言えず、書きたくても書けずにあばらのあたりに引っかけて、生きているからだ。

それにしても、世間と向きあうと人はどうしてこう感じやすくなるのか。

私はカマボコが好きだ。深沢七郎はタケノコ好きがこうじて、もの干し竿を煮たというが、カマボコなら板だって齧ることができる。居酒屋に入ったらすぐ板ワサを注文したいのに、なぜか注文しづらい。店員に、「えっ板ワサ？」とさげすまれそうで、「んーと、お造りの盛り合わせ、それと枝豆、肉じゃが……。あ、板ワサもね」とついでに言う。頭の中には板ワサしかないのに、注文する時は「ついでに」なのだ。この「ついでに」を辞書で引くと、「とりたててではなく」とあり、「いろいろ食べたいものがあるけど、もうひとつこんなもんでも……」と言い訳がましくなり、とてもさびしい。

受付に行くと
もう締め切りです
と言われた

私の知らないところで
締め切りが訪れていたらしい
慌てて手帖を取り出し時計を見ると
いつのまにか私のいまが
外とずれている
もう間に合いませんかと問うと
申し訳なさそうな表情をしてから
受付の人は
無言で小窓を閉めた
小さな音がした
私とはもう縁のない
システムが閉じられる音だと思った

（塚本敏雄「遮断」、「SPACE」六十四号）

生きていると、時おり顔が見つからなくなる。規則が正座したような人に無言で拒否されて、さびしさを黄砂のように頭に降りつもらせて帰っていく人が見える。生きているものの時間は、みなわずかにずれているのだから、この窓口のように、日々時を止めなければどこかへさまよい出てしまうのだろう。

それで思い出したが、私は観光バスのツアーが嫌いだ。中味が盛りだくさんすぎて、時間に追われ、旅を楽しむどころではなくなるからだ。何年も前に参加した「豪華北陸カニ三昧ツアー」は〝八代亜紀と福井の水仙とカニ食べ放題〟というコースだった。八代亜紀とカニと水仙がどう結びつくのか。八代亜紀ならむしろ〝あぶったイカ〟ではないのか、などと考えながら、ともかくバスに乗り込む。途中、サービスエリアでトイレ休憩をした。制限時間二十分と言われ、みな嬉々として八方へ散っていった。そして二十分後にはかならず戻ってきた。その時、移送中の囚人みたいな気持ちになったのは私だけか。二十分の間に、トイレに行き、試食の漬け物なんかを食べながらみやげ物を物色し、そのうえ立ち食いソバまで食べて帰ってくる人々に囲まれるうち、動き出したバスから、飛び降りたくなったのだった。

この詩を読んで、ふるくなった餅みたいな頭のかたい受付に無言で窓を閉められ、この世のシステムから置き去りにされた人のことを考えた。置き去りにされて、眼鏡をかけたりはずしたりしながら、道ばたの草が濃くなる方へと歩いていった（だろう）人のことを考えるうち、ふいに、天野忠の研いだばかりの包丁のような鋭い声を聞いた気がした。

天野さんはせまい部屋がけぶるほど
煙草を吸った
詩の話をなさった
延々と
そして

突然
大きな声で
〝そうと　ちゃいまっか――〟と言われた

（浜田泰宏「天野さんと煙草」部分、『うつむいて歩くということは』）

何がそうで〝そうと　ちゃいまっか〟なのかわからないが、ここに取りあげた詩を読むうち、日常のもっとも些細なことが大きな主題になりうることにあらためて気づいた。たった一人の出来事を書いた詩が、どこかで読者を得る。その一瞬にあてて私たちは詩を書いている。

不在の部屋の電話が鳴るのが聞こえた

もうとうに慣れたけれど、街のまん中を、携帯電話が大手をふり、わがもの顔で歩いていく。「ミッちゃん?」「コーちゃん?」などと、人の名前をところかまわずこぼし、大声で笑ったかと思えば怒り出し、怒ったかと思えばヒソヒソと声を落として、歩くでも止まるでもない足どりだ。
「ああやだやだ。なにあのぽけぇっと突っ立ってるガキ共。道ってのは目的地に向かってさっさと歩くもんなんだよね。こっちが先を急いでいるのに、妙な服着てペラァッと横に並んでノタノタ歩くから邪魔になる」と書いて怒りをぶちまけたのは、『私の東京物語』の中山あい子だが、昨日は、人目もはばからず甘い声をあげて前を歩いていた若い女性が、いきなり立ち止まったから、ドンと突きあたってよろけた。つかまるものがない。

アパートに戻ると
留守番電話のランプ
赤く

小さい生き物みたいな点灯を
まっさきにのぞく。
誰からも電話のなかったことは
すぐにわかる。
ともしびのように
赤い豆つぶが一日
私の代わりを務めて
私と同じままに誰からも声をかけられずにいたと知る。
都会の
回収されないこの一瞬。
私は
街に撒かれた電話器の豆つぶの赤さを頭の中にちりばめる。
それを　都会の星のようにおもう。

（木坂涼「点灯」、「市政」四十四号）

留守番電話の赤い点滅を、都会の星にたとえたこの詩を読んで、孤独で顔を洗った気持ちになった。身重の人みたいに、いつも、体じゅうに何かをあふれさせているはずの電話が、今日は部屋のすみでポツンと冷えて、誰からも声をかけられずにいた。赤い豆つぶランプが、ちいさな生きものになって、人の帰りを待っていた。

もう二十年も前のことだが、夏の夕方、世間よりも早い足どりで部屋に帰ったら、暗がりで、電話がひっそりと点滅していた。ボタンを押すと、何も言わない。物音ひとつしない受話器の向こうから、人の息づかいだけが聞こえてくる。無言の人が無言で、誰も出ない電話を鳴らし、息づかいだけで、立っている気配がした。

Mさん、あなたの暮らしを覗くことはわたしには愉しい。不幸になったらええにと思うがとも違う。けんど、あんまり有頂天で生きられるがもいやや。わたしと別れて、心から嬉しがられるがは、やっぱあいややけん。

Mさん、あの鳥のこと覚えちょる。わたしが窓辺で飼いよった小鳥のことを。ピピとぺぺという名前の黄色と水色のセキセイインコやった。わたしが、かわいがって顔を近づけたら、思いきりわたしの唇を噛んだ、ちょっぴり憎らしかったあの小鳥たちのこと。

――略――

そう、Mさんの思うとおり、あれは、金属

かなんかがこすれ合う音とちごうて、あの日に窓辺で愉しそうにさえずりよった鳥たちの声なが。

Mさんの心を狂わせとうて、責めとうて、十何年も前の鳥の声を、後生大事にしまいこんぢょる、わたしの仕業ながやけん。

Mさんはうっすらと涙をためて、声に聞きいったまま受話器を握っちょるがやろう。家族の者《もん》の誰っちゃあに気づかれんように、見せかけだけは恐い顔をして。

Mさん、ピピもぺぺも遠の昔に死にました。けんど、声だけはうつろにこの世にとり残されたまま、死にきれんとさえずりつづけよるがです。

生きまちごうたわたしとMさんとの未練みたいに、死にきれんとさえずりよるがです。

（増田耕三「鳥の声」、「詩学」一九九四年三月号）

受話器から聞こえてくる鳥の声に、これだけの物語がかくされていた。かわいらしい鳥の声の向こうで、息を殺す者の孤独をみごとに書いたこの詩に、身震いした。怨念を手間ひまかけて練り込んだこんな無言電話は、怖さがあとからジワジワ効いてくる。夜、眠れなくなる。

気がつくと
別れたMからの電話を待っている。
ほつれた自分の
居場所がなくて
部屋の灯《あか》りをつけたまま外へ出る。
駅へ歩いて
焦げる手で切符を買って
改札口を抜けて
階段を上って
最初にきた三鷹行きの電車に乗った。
電話は鳴っているか。
電話は鳴っているか。
高架線を走る電車の窓から
灯りのついた
私の部屋が見えた。

不在の部屋の
電話が鳴るのが聞こえた。
不在の部屋の
電話が鳴りつづけるのが聞こえた。
眩《まば》ゆい
不在の部屋で
不在の私が
膝《ひざ》を抱えて
不在の電話が鳴りつづけるのを
待っていた。

（ねじめ正一「電話」、「朝日新聞」一九九四年一月三日）

「木は土から自由だろうか／鳥は空から自由だろうか」と書いたのは誰だったか。それなら現代社会で、「人は電話から自由だろうか」と問うことができるし、「人は川に　川は人に声かけあって生きてきた」ことを思えば、「人は電話に　電話は人に声かけあって生きてきた」とも言える。「生きるとは、今、息をしていることの現実であり、それ以上でも以下でもない」（高山文彦）ではないが、この詩のようにまさに、電話機におおいかぶさる格好で息をした日々が、人にはある。

夏目漱石は、取りつけたばかりの電話機を、タオルでぐるぐる巻きにして、手紙を書いた。手紙は、ひかえめながら歴史をつくるが、その度量もないのに、いきなり人の心をこじあける文明を、とうてい許せなかったのだろう。

そちらへはどのように行けばよいのでしょう
電話のむこうで
知らない男の声がたずねる

そちら
とは
こうして受話器を持って立っている
この場所のことだろうか
冬の日射しが入りこむ
休日の午後の静けさのなかで
さっきまで本のページをめくっていた
かけがえのない時間のことだろうか

目印になるものはありませんか
男は急いでいるらしく
早口でさらに訊いてくる

（岩木誠一郎「サイン」部分、『夕方の耳』）

世間から解放されたかけがえのない静かな時間の扉を開けて、見も知らぬ者がいきなり入り込んでくることが、時にある。

地方から出てきたアララギの会員が、茂吉に面会を求めたところ、茂吉は風邪で寝ていた。女中が断ると、ひと目でいいからと客はねばった。すると伏せていた茂吉は、二階からドタドタと降りてきて、「おれは本当に風邪で寝ていた。嘘だと思うのか！」と怒鳴ったという。気まずい顔をつきあわせた二人の様子が見えるようだが、電話なら、黙って受話器を置けばいい。それからゆっくりと気分が悪くなればいいのだ。

笑って泣いて、魂だけを耳元に残していく電話機は、今や携帯電話に乗っ取られ、〝二階から目薬〟みたいなもどかしい存在だ。

古今亭志ん生は、その火の凄さを、「東京大空襲に丁と張る人がおりゃァ、あたしゃァ、関東大震災に半と張る」と言ったが、この時代、一億年に一秒の誤差のセシウム原子時計に、丁と張る人がいたら、私は世界を闊歩する携帯電話に半と張る。

元気でナイーヴだった人々が

渋谷で飲んで
さらにもう一軒
いつもの鮨屋に行く途中で小用をたしたくなった
のはぼくではなくて安西均さん
わたしはもう我慢できないからここで失礼しますよ
ハチ公がいる広場の交差点の
地下街への入口の壁と車道の間で
はじめてしまった
その姿を
わたくしの（さきほどはぼくでしたが）
からだで隠しながら　おまわりさーん

ここでどこかのおじさんが
小便をしていますよー
大声で叫んだら
あなたそういうことをいうのやめてください
わたしはもう止まりませんよ　駄目ですよ
しながらなんとか振り向こうとして
横顔を見せて
いったっけ
ほんの
二年数ヵ月前

■

戦いと飢えで死ぬ人間がいる間は
おれは絶対風雅の道をゆかぬ　と
中桐雅夫君が
肩いからせて書いているでしょう
酔わないうちにききますが

風雅の道って何ですか？

そんなこと
わたくしにきいたってしようがないのに
（居住まいを正す）という感じで
まっすぐにわたくしを見た安西さん
わたくしもまっすぐに
何かいったが
語るほどに酔いはまわり
二人とも風雅の道から
ちょっとはずれた
おまわりさーん
（辻征夫「ビート詩抄を読んで、こんな書き方でいいのかしらと思いながら安西均さんの思い出」部分、『俳諧辻詩集』）

きっと楽しい酒だったんだろうな。二人ともほとんど頭が抜けかかっている。酔うことはいいことだ。頭の中を這うややこしい蔦のようなものがほどけて、原っぱみたいになる。トラをまるごと洗うことだって、鯨をさばくことだって御茶の子になる。

大人になると、だんだん忙しくなって、何がなんだかわからなくなる。夕焼けに染まったちぎれ雲は、今日一日あったいろいろな出来事のようで、散らばっていくのを会社の窓から眺めながら思った。夜が来る前に、急いでかき集めねばならないと。そんな日は、仕事が終わると、きまって職場の連中と駅前でくだを巻いた。おあいそ笑いをしながら、大事な一日を、つまらない報告文書に費した悔しさに、空気玉のような夢をポンポン打ち上げては、大声で笑った。ひらめのようにいつも上ばかり見ている上司のことを、ああだこうだと悪口を言って、表通りから裏通りへとつんのめった。

エビスを飲んで、いいちこ飲んで、空っぽになった瓶を抱きながら気がついた。人は、名付けようのない水だということに。

「人の悪口を思う存分言っていると、かゆいところを恥も外聞もなくかいているような、なんともいわれぬ快味がある」と言ったのは高橋義孝だが、それはあくまでも本人がその場にいない時の話だ。本人を前にした酒席での凄絶なからみは、中原中也の右に出る者はいないだろう。

「何だ、おめえは。青鯖が空に浮んだような顔をしやがって。全体、おめえは何の花が好きだい?」

太宰は閉口して、泣き出しそうな顔だった。

「ええ?　何だいおめえの好きな花は」

まるで断崖から飛び降りるような思いつめた表情で、しかし甘ったるい、今にも泣きだしそうな声で、とぎれとぎれに太宰は云った。

「モ、モ、ノ、ハ、ナ」云い終わって、例の愛情、不信、含羞、拒絶何とも云えないような、くしゃくしゃな悲しいうす笑いを泛《うか》べながら、しばらくじっと、中原の顔をみつめていた。

「チェッ、だからおめえは」と中原の声が、肝に顫うようだった。

そのあとの乱闘は、一体、誰が誰と組み合ったのか、その発端のいきさつが、全くわからない。

（檀一雄「太宰と中原」、文芸読本『中原中也』）


生涯を、詩作という一事に賭けてしまった中也は、その分、常に他人に厳しい目を向けたという。こんなことは毎日だった中也を小林秀雄は、『上手に思い出すことは、むずかしい」と書き、吉田秀和は、「中原という詩人を思い出すことは、私には何かとても不気味な仕事なのだ」と書いた。しかしそれでも彼らにとって中也という詩人との凄絶な日々は、振り返れば雑誌のふろくのように、なくてはならないなつかしいものだったにちがいない。

ある作家が書いていたことだが
電車の窓から子供の頃に住んでいた家を見つけると
（あった、あった、今日もあった
と安堵でいっぱいになるそうだ。
線路沿いの小さな家は
陽の当たり方によって

ある日は幸せだったり
ある日は淋しかったり

わたしにも
まだあるかどうか確認する家がある
青梅の
古びた茅葺の家。
その家の前に立つと
若くて逞しい父と色の白い母が
太った赤ん坊といっしょに
ちょうど山の上の畑から帰ってくるところに出会う。
信仰などというものがあった古い時代にもどって
桶の水と囲炉裏の火は大事に守られている。
私は遠くから帰ってきた者のように
酒とさかなでいっときもてなされ
頭を下げて辞するのだ。

だが去るときは、もうどんな人影もなく

古い家の佇まいだけ。
数年前、ここで見たことのない父母に出会った時は
初めて、とうの昔に父と母を失ったことを理解し
泣きながら帰途についた。

（山本楡美子「茅葺の家」、「something」三号）

（あった、あった、今日もあった
せつない一行だ。人は誰しも、遠い日に住んだ家やアパートを眼の裏に焼き付かせている。少しずつ朽ちていきながらも、正座して自分を待っていてくれるものを目にすると、一瞬、生が山あいの吊り橋のように激しく揺れるのだ。

泣いて笑った日々が雑草のように伸びて、その家のあたりだけが黄緑色になる。思い出というものに色があるなら、そんな色をしているのかもしれない。

私も胸の奥に、一軒のそんな家を持っている。

うどん店「川口屋」は、学生時代の下宿先だった。うどん店といっても食堂ではなく製麺屋で、うどん玉を夫婦で作っていた。奥へ奥へと細長い店を、暗い土間がつき抜けた、離れの一階の六畳間が私の部屋だった。

部屋と部屋はふすまで仕切られていて、隣の部屋にはいつも机の上をきれいにして本を読んでいる美しい女子学生がいた。二階の洞穴のような三畳間には、老教授が一人で住んでいた。

川口夫妻は、毎朝五時きっかりに機械のスイッチを入れ、バッタンバッタンと大きな音をたてて小

麦粉をこね始める。その音は私たちを叩き起こした。家の前を線路が走っているから、バッタン、バッタン、チンチン、ゴーゴーと、まさに地球の上に朝が来たといわんばかりだった。八時。麺が打ち上がると、「どんぶり持っておいでー」おばちゃんが大声で私たちを呼ぶ。どうして朝早くからあんな声が出るのかと思うほど大きい。「うるさいな、もー」私も隣の子も寝たふりをしていると、起きるまで呼び続ける。ゆうべは門限を破って、真夜中に塀をよじ登って帰ったから眠くてしかたがない。半分眠ったまま起きていくとおばちゃんは、どんぶりに打ちたてのうどんを入れ、熱い汁をかけ、きまって「朝ごはんは大事だよ」と言った。毎日タダで食べさせてくれた。

私たちはみごとに貧乏だった。マンション住まいの今の学生にはわからないだろうが、木造アパート、センベイ布団、インスタントラーメン。これが貧乏三点セットだった。ＩＱは低くても、貧乏指数は極めて高かった。

　ある朝、いつまでも起きない私に業を煮やしたおばちゃんが、部屋へやってきた。私は蒲団に入ったまま、脇の下からおもむろに体温計を出して見せた。「あー、三十九度もあるじゃないの！」おばちゃんは驚いて、うどんではなくとんぷく薬を置いていってくれた。夜ふかしをするたびに使ったその体温計は、誰が脇にはさんでも三十九度になるオモチャだった。

　今でも年に数回、電車で川口屋の前を過ぎることがある。私は吊り革につかまったまま、瞬間、身を乗り出す。看板の無くなった川口屋を確認する。入口のガラス戸を覆った汚れた白いカーテンも。そして、この詩のように、「遠くから帰ってきた者」になって、体からたくさんのものをあふれさせる。

一九九×年六月×日
今日は雨が降っています
広重の版画のような雨が
地面に波紋をつくっています
わたしは二階の窓から
雨脚を追いかけていて
母を思い出しました
なぜ母を思ったのか

わたしは不思議です
妻と不和がつづいています
さびしい
さびしい心が雨に打たれて
ふと母を思い出したのかもしれません
ミロのビーナスのような
薄い母の乳房を思い出します
全く洗練された所のなかった
百姓女の母を思い出します
何一つ贈り物をしなかった自分を悔やみます
癌と知らずに亡くなった母の愚鈍を嗤います
命日は冬ですが
その頃わたしはスキーの日程で頭がいっぱいです
すみません
すみません
それでもあなたは
わたしの心の中に生きています

（高橋英司「母」）

この詩が抱く、言葉にあらわせない哀しみにおもわず涙ぐんだ。「すみません／すみません」は、まさに今の私の母への思いそのものだ。母という〝生きもの〟は、死んでなお子供の中で分解せずに生き続ける。生きていればいたで、靴先に入った小石のように、心を離れない。

母で思い出したが、スーパーでハタハタを見ると、つい買ってしまう。私は秋田県大曲市（現大仙市）の生まれだが、もう何十年も前の子供の頃は、冬のおかずといえばハタハタだった。

「ヤートーセー、ヨイヤナ　ア　キッタカサッサ　トコ　ドッコイドッコイ」母が、鼻唄を歌いながら土間の七輪でハタハタを焼いている。火に油がジュウジュウ落ち、煙が家じゅうに立ち込める。

「秋田メーブツ　八森ハタハタ　男鹿で男鹿ブリコ　ア　能代春慶檜山ナットウ　大館マゲワッパハ　キッタカサッサ……」母は、毎朝仏壇をピカピカに磨きながら歌う。歌いながらふと手を止める。「今晩は久すぶりにしょっつる鍋にするべか。トーフあったべか。ゴンボはどうだったべ」

その母が八十歳になって、「配膳を手伝いながら、時々、他人のおかずをつまみ食いします」「個室に置いてある仏壇の下の引き出しに、汚れた下着を隠します。昨日は、リンの中にオシッコをしました」とケアマネージャーに書かれた。老人施設でのことだ。私は、買ってきたハタハタを前に呆然と立ち尽くす。子供には厳しかった母。人の物を盗るなどもってのほかだった。駄菓子屋のなめクジを束ごと盗んだ私を、柱に縛りつけて容赦しなかった。

大きな衝撃を受けながら、しかし私はこの正月、母に会いに行かなかった。電話だけで済ませて正月映画を見に行き、家族とレストランでおいしいものを食べた。食べながらその時私は、一度も母のことを思い出さなかった気がする。

追いかけてくる時間を振り切り、首をよじって後ろを振り返ると、なぜこうも胸が熱くなるのか。元気でナイーヴで働き者だった人々が、昔の土をこねながら、まだ生きている。

四十になったら自分の顔に

学生たちに「顔」という随筆を読ませ
わたしは言ったものだ
「四十になったら
自分の顔に責任を持たなくては
なりません
これはわたしが言っているのではなく
或る高名な人の言ったことです……」
わたしはそんなことを
しかつめらしく言いながら
顔顔顔を見渡す
みんな美しく見える
そして当然のことながら

四十を越えた者といえば
教室中にわたししかいなかったのだ

（平田好輝「教室」、『ひと夏だけではなく』）

すっかり秋の気配のする教師が、真夏の、入道雲を抱いた真っ青な空みたいな学生と向きあって、小さなさびしさに触れている。

人は、生まれた瞬間から時計の針に追われる。目で泣いて口で笑う。体に青い静脈を浮き上がらせて酒を飲み、さびしさの隣で騒いで生きていくのだが、それにしても、「自分の顔に責任を……」などと言われない年齢はいいなあ。一日を、目を輝かせながら絶望する学生たちは、降った雪が水になっていつのまにか天空へ消え去るように、教授の、真率で少し滑稽な言葉を忘れるだろう。目を凝らすと、顔に責任を持たねばならなくなった人の背中には、たくさんの（　）が貼りついていて、言わなかった、言えなかった言葉が正座している。

昔、河津川に鮎釣りに来ていた井伏鱒二が、同じ旅館で、同じく釣りに来ていた亀井勝一郎、新婚旅行中の太宰治夫妻と一緒になった時のこと。翌日の夜、三宅島の雄山が噴火し豪雨が発生して、南伊豆全域が大洪水となった。一階の部屋で寝ていた井伏は、二階の亀井の部屋に逃げ、離れにいた太宰夫妻も逃げてきた。水は一階を沈め、二階へと上がり始めた。亀井は、積み重ねた蒲団にどっかりと座って、しきりに稲光りのする方角を睨んだ。太宰は、新しい着物に着替え、角帯をしめ、畳の上に座り直して妻に、「人間は死ぬ時が大事だ」と言った。その中で井伏は、あわてふためいて、泳いで逃げようと何度も口走った。家で地震にあった時に、奥さんを突き飛ばして裸足で逃げた井伏らしいが、しかし、落ち着き払った亀井も太宰も、実は泳げなかったというから、ほとんど腰が抜けていたのだろう。
「宇宙」の話と「永遠」の話を
勿論　聞きにきたのでありますが
その前にちょっと
質問をしておきたいのです
わたしの前には
マンジュウが一箇置いてあり
他の人々の前には
二箇ずつ置かれてありますが
これは一体どうしたことでしょうか
なぜわたしだけ
一箇なのでしょうか
「宇宙」の話と「永遠」の話を聞く前に
どうしてもそれだけは　主催者に
お尋ねしておきたいのです

マンジュウが格別好き
というのではありませんが
みなさんに配ったマンジュウが
なぜわたしだけ一箇なのか
気になってたまらないので
質問いたします

（平田好輝「講話を聞く前に　ちょっと」、同）

「宇宙」とか「永遠」とか、生活に直接関係のないとらえどころのない話など、蹴散らすような質問だ。中年を過ぎると、ふくらんだ喉をおさえることが多くなる。憮然とした思いを頭の中で終わらせることもできるが、登らなくてもいい坂を、意地で登っていくということが人にはあるのだ。マンジュウを、もう一つもらっても、質問者にはもはやおさまりがつかないのだろう。一と一を足しても二にならないことがあるのだ。笑うに笑えなくて、会場にいた人々は思わずうつむいただろう。

宇宙や永遠についての深遠なる講演を、マンジュウ一コでご破算にした話は、あとにも先にもないだろうが、四十を過ぎて、責任ある顔を忘れた瞬間は、おかしくて実にせつない。

興ざめなもの。たちまち太くぼやけていく飛行機雲。朝、血液の循環がとまって重くしびれた腕。味噌汁のお椀のなかで口をあけていない蜆。浴室の切れかかった蛍光灯のまたたき。潔くわれずに、いびつになった割り箸。くずれた豆腐。あかない瓶のふた。まだあたたかい受話器となまぬるい息の残った電話ボックス。紙パックの三角屋根がうまく剝けなくてギザギザになってしまった口から飲む、牛乳の紙っぽい味。車窓で別れの挨拶をした後も、なかなか出発しない電車。

――略――

気がかりなもの。のどに刺さった魚の骨。ゆびの棘。のどもとまで出かかっているのに思い出せない言葉。迷子になった夢。外に出たがって、窓ガラスになんどもぶつかる蜂。靴のなかにはいった小石。ホテルの上の階の部屋で、一晩中あるきまわる靴音。

――略――

（相沢正一郎「枕草子２０１０」部分、「そうかわせみ、」一号）

わかるなあ。人もそこそこ生きていると、日常のさまざまな小さなことに思いがゆく。たとえば「興ざめなもの」の中の、車窓での別れ。頭を下げ、にっこり笑って手を振って別れの挨拶をしたのに、電車はいっこうに出発しようとしない。席についたまま、さりげなく反対側の窓の景色に目をやるが、間がもてなくて再びホームを見る。目があって再び頭を下げる。「気がかりなもの」として追加が許されるなら、「近所のどこかの部屋で鳴り続ける目覚まし時計」、そして「〇印をつけたまま、用件が書いてないカレンダーの数字」なんかもあげてみたい。作者は他にも、「うれしいもの」として、「一、二分なにもかも忘れていられる虹」「貨物列車の屋根につもっている雪」等をあげている。虹を見ている時など、私は今でも、空のいちばん深い場所に立っている気がする。

北海道・中標津《なかしべつ》町で、「男はつらいよ」のロケがあった時のこと。撮影以外、いつもホテルの部屋にいた渥美清は、シマフクロウが鳴くたびにフロントに電話をして、「この鳴き声は何ですか?」と聞いた。とうに四十を過ぎていたけれど、渥美にとって、心揺さぶられる〝気がかりなもの〟だったにちがいない。

私たちは、食べて寝て仕事をする以外に、たくさんの用事で一日を走り回っている。そんなあれやこれやとは無縁な、ただひたすら今日を生き延びるために、一滴の水と向きあう生きものがいる。

団欒の夜
青白いテレビの画面に
黒くて小さな虫が写しだされるのを見た。
頭も胴体もまるくて脚が少し長い。
熱砂七十度を越すアフリカ・ナミブ砂漠に
霧を食べて生きる虫だという。

茫々とひろがる砂丘に
風が霧を白く流すと
その黒くて小さな虫は
砂を脱いで出てくる。
それからただひたすら立ちつづける。
からだを冷たくして
霧が露を結ぶのを待っているのだ。

やがて
関節の窪みに少しずつ少しずつ
露がまるく脹らんできて
その重みで落ちそうになったとき
虫ははじめて
すばやく動いた。

合わせた両の前脚に水玉を乗せ
口に運んだのを
針の先に結ぶ露ほどにも小さなその玉が

キラリと光って消えたのを
カメラは克明に記録していた。

幸福すぎる
すぎるとはいったい
どういうことなのか。

わたしの水は　いつも
唇から
あふれ落ちていて
涙をこぼしながら
飲むことを
やめることは
できない。

（梅田智江「黒い小さな虫」部分、『大阪詩集'85』）

生きる意味が、詩行から高く立ちのぼっている作品だ。熱い砂漠の中で、ただひたすら霧があらわれるのを待って、地球の引力にまるごと抱かれて逆さに立つ黒い小さな虫。「キリアツメゴミムシダマシ」という名前の、体長二センチのこの虫にとって、命をかけた毎日のこの行為は、しかしあたり前のことであり、それを運命のごとく無心に受け入れる姿に心打たれる。関節のすきまで、霧が小さな小さな水になって丸くふくらんで落下する。その瞬間をとらえて口に入れる虫は、この詩にあるように、いつも唇から水をあふれさせている人間からは、遠い遠い存在なのだ。

家も車も犬小屋も金も持たずに、体一つで一滴の水に命をかけることなど、今の私たちにはもはや不可能だ。手に入れられるものは、大方手に入れた人間のさびしさを、この詩の一匹の虫を通して考えるうち、ふいに、東海林さだおの文章がよみがえった。

「人間は哀れである。何がどう哀れって、人間に関するすべてが哀れである。姿、形が哀れである。体のてっぺんにのっかっている大きな頭が哀れである。二本の足で立っているところが哀れである。ヒョロっと立って、本人はこれで安定しているつもりだが、後ろからちょっと小突かれれば突んのめって転ぶところが哀れだ。せわしなく、息なんか吸ったり吐いたりしているところが哀れだ。その吸ったり吐いたりを、やめられないところも哀れだ。たまには呼吸を休みたいと思っても、休むと死んじゃうところも哀れだ。——略——両足を少しずつ互いちがいにくり出すことによって、移動を行わなければならないというのも哀れだ。それを〝人間は一歩一歩〟なんていっているのも哀れだ。その足に、靴とかいうものをはめているのも哀れだ。体に布をまとっているのも哀れだ。その布に、デザインとかいうものを施しているのも哀れだ」と続くのだが、しかし、酔っ払って他人の靴を履いて帰って、歩くたびに右足が脱げるサラリーマンは、哀れではない。夕涼みに外へ出て隣の人と、「なっとらん！」と政治の話をするオジさんの、責任ある顔に、スイカの種が付いていても哀れではない。

どうしても隠さなければならないことがある

いろいろ
色の変わる魚の話をしていた

沖縄で見たこぶしめ　これは凄くでかいん
です　胴だけとってもおとなの片腕の長さ
くらいあるんです　刺身がまた絶品　彩り
のなかでイカだとは分かるけど　切身が皿
にしゃんと立っているです　何だろうと思
いましたよ　海の底で見た生きたこぶしめ
敵が近付くと体を横たえ　またたくまに色
が変わりはじめるのです　それも敵に投げ
出した体の　半ぺただけつまり追って来る

敵を見ている　片方の　目の側だけですね
話ながら彼はすっと手刀で自分の頭から腹へと真っすぐ切っている

それでいて家族　多分家族だと思うのです
が　護っている内側は白いんです　外に威
嚇をしているのでしょうかそれでいて家族
には何事も無いように安心させているので
すね　いったいどうした知恵なのでしょう

秋になれば海が優しくなるから体験入学を取り計らってくれるという
二人の若きダイバー

コウイカは二本の足を垂直に立てて威嚇し
てきます　笑っちゃうのはそんなことしな
がら後退していることです　イカですから

今朝生まれたあかんぼ指が六本あった親指の横からもう一本ちょこっと

出てた
わたし始めて
夜勤から戻った産科に勤める妻との朝一番の会話である
親には話すの
そりゃそうよ大事なことだから
だれが
そりゃあセンセイが　まあ、四本よりいっかチョン切ればいいんだから
話ながらゆうべの若きダイバーの手刀を真似僕は起き妻は
さっさと寝仕度を始めている

（田代田「こぶしめ」、「子子」三十五号）

こぶしめもコウイカも何とせつない生きものなのか。「ダイジョブ、俺がいるから」と、身を張って家族を、敵から守る。けなげで滑稽な姿を思ったあと、しんみりした。妻子に弱いところは見せられないと、日々頑張って働くお父さんを見るようで。

お父さんは、身体の半ぺたをまっ赤にして社会に投げ出し、残りの半ぺたで、「どうってことない」とばかりに、きばって生きている。

最近は職場に喫煙所がない。吸いたければ裏口から外へ出て、冬は鼻水を垂らして吸わねばならない。ついこの間まで、嫌煙権とか肺ガン説とか一切関わりありませんという顔をして、威張って吸っていたお父さんは、今では、駅のホームのはずれの、屋根のない場所にポツンと置かれた灰皿に集ま

り、陶酔するような暗い目をして一本吸うと、急いで火を消して散っていく。煙草を吸うところを、人に見られてはならないのだ。

昨日は、夜遅く道を歩いていたら、まっ暗闇の中に突然小さな赤い火が点いた。驚いて見ると、そこは民家の庭だった。「外で吸いなさい」と奥さんに言われたのだろうか、目を凝らすとステテコのオジさんが、一人闇の中で、蚊に刺されながら煙草を吸っている。家族の健康と平和を維持するためなら、憎い蚊に、惜しげもなく血を提供することだってできるのだ。

「守るべき日本とは何か?」と問われて、「行きつけの蕎麦屋だ」と喝破したのは福田恒存《つねあり》だ。守りたいことがありすぎて、一言ではとうてい答えられないが、筆頭候補の一つは何といっても〝食糧〟ではないか。

「終戦のころ、どんな物食べてたの?」と母親に聞いたところ、①メリケン粉(小麦粉)を水で練ってまるめ、醤油味か味噌味の汁に落としただけのスイトン。メリケン粉は、コシのある○○産ではなく、醤油は、皇室御用達特級本醸造金ラベル遺伝子組換えでない大豆使用塩分三十%カット(ああ疲れる)、では決してない。②鶏のエサ(主に小麦を粉にひく時に出る皮のくず)と少しの小麦粉をこねて団子にしてゆでたもの。③二八麦飯。米二割に麦八割。今なら健康食品として、業界も腰を抜かす代物だが、米はほとんどがくず米で、新潟産特選こしひかりでもあきたこまちでもない。④ふかし芋。以上が主食。ではおかずは何か。イモのツル、梅干し、塩シャケ、野草等々、食べられる物は何でも食べたが、イナゴのつくだ煮は忘れられないと、母は遠い目をした。秋に田んぼに無数にいたイ

ナゴを醬油であまからく煮ると、パリパリしてとてもうまかったと言った。
先日、いちじくの幹を喰い荒した、親指ほどもある白いイモ虫を、祖父は指でつかんで、「フライパンで炒るとうまいよ」とうれしそうに言った。堂々と言う祖父には、食べられそうな物は何でも食べた者の強さがあった。ある日、庭の木に巣をかけた山バトの声を聞きながら、詩を書いていた私に祖父は、「羽根をむしって焼くとうまい」と言った。強くてさびしいその言葉を、私は呆然と聞いた。

「空から鳥が落ちてくるのを見たことがないのは、どうしてなんだろう。あれだけたくさんの鳥が空に棲んでいるのだから、たまには死んだ鳥が落ちてきたってよさそうなもんじゃないだろうか？」と言った人がいたが、鳥にだって、どうしても知られたくない、さらしたくないことがあるのだろう。隠したいことは、いつも私たちの身近にある。

幼馴染みがすわっている
どうしたい　聞くと
前立腺肥大症で夜半に再三起きるし
出が悪いと嘆く
この世の終わりのような落ち込みようだ

大丈夫　漢方薬で此処の先生が治してくれる
それにあんなに元気そうな東京都知事も同病だ
言ってやると
にわかに明るい顔をして
来る度に渡されるあの尿検査用の紙コップな
うちの婆さん　内科で　最初何のことか分らず
水を飲んで　有難うさんと返したそうや
そんなことを言い　けへらけへらと笑う

診療を終え待合室に出るとまだいる
ここで俺と出逢ったこと言うなよ

お前は口が軽いから　心配や
えらい奴に出逢うてしもうた
呟きながら頭を振りふり帰っていった

その間一度も
僕の容態を尋ねようとしなかった
だからあんなに固く口止めされたけれど
ここに　こうして書いてやる

（井口幻太郎「泌尿器科待合室」、「すてむ」三十五号）

人間も中年を過ぎると中古品になる。車でいうなら中古車だ。中古車は、あちこち故障しやすいが、まだ走れる。中古車には、廃車になる一歩手前の意地がある。もうダメか、と諦めつつ、いやいやもうひと花とも思っている。だから、みっともない姿を人に見られたくない、さらしたくない。その揺れる思いを、日常のさりげない光景からみごとに浮き上がらせたこの作品を読んで、けれども今さらながら、人と人との約束はほどけやすいものだと笑ったが、そういう話は古今東西、きりもなくある。

大正五年十二月九日の夕方のことだった。漱石の容態がいよいよということになり、別棟には芥川龍之介、内田百閒、高浜虚子、鈴木三重吉、小宮豊隆ら、大勢の弟子や雑誌社、新聞社の人々が詰めかけていた。岩波文庫の創始者岩波茂雄は、その時トイレに入っていた。すると、漱石が危篤になったと母屋から知らせが入り、居合わせた者は、一斉に立ち上がって、狭い台所からわれ先にと外へ飛び出そうとした。すると、後ろの方で、ただならぬ物音とわめき声がした。トイレの戸を開けると、岩波が、半身すっぽりときんかくしの中にはまり込んで、夢中でもがいていた。漱石の急を聞いて、あわてふためいて落っこちたのだが、野上豊一郎が引きずり上げると、岩波は、全身が黄金色に輝いていた。驚くのは、水に流しただけでそのまま漱石の病室に入った岩波の臭気に、誰一人気がつかなかったことだ。それほど、その場に詰めた人々は、気が動顚していたということだろう。岩波はその晩、野上をそっと物陰に呼んで、あとでかならず何かおごるから、これだけは誰にも言ってくれるなと頼み込んだのだが、約束をいつまでたっても果たさなかったため、野上によってすっかりバラされてしまった。

昔、ソ連のブレジネフが死んだ時、朝日放送は、放映するはずだった映画「二十四の瞳」を中止してニュース番組に変更した。すると暴力団から、「あの映画は組長が好きな映画や。せっかく組長がたのしみにしておられたのに、どないするんや！」と脅された。局の担当者が平あやまりにあやまると、「これから、気いつけや」とすごんで電話を切ったという。組長とその配下の者が膝を詰めてテレビの前に座り、それこそ二十四の瞳をみひらいて番組が始まるのを今か今かと待っていたと思うと、おかしくて腹を抱えるしかないが、彼らにとって、このことは、何がなんでも世間に知られてはならないことだったのではないか。

どうしても隠さなければならないことがある　だから　私はあえぎ
ながらここまで登ってきた　ものごとを隠すためには人々の声から

離れなければならない　ここからは遙か下にきらきらと光る川面ばかりが見える　石だらけの山道の両端は雑草に被われている　あたりに人影がないことを確認してから　雑草に埋まるようにのびているコードの束をさがしだす　いくつかの色に塗り分けられたコードのあるものを切断して　伝達されようとしているものを止めなければならない　切断器にコードを挟み　力を入れるとカチッと音がする　このときに遠くの街で動かなくなったものがあるはずだ　しかし　切断されたコードの断面を見ているうちに　残さなければならないコードまで切断してしまったことに気づく　遠い街で私の大切な人までが困ってはいないだろうか
（瀬崎祐「忘備録 SIDE B・秘匿」部分、「風都市」十八号）

ゆっくりと目が血走ってくる詩だ。〝どうしても隠さなければならない〟こととは一体何なのか。作者の心の中を盗み見しないとわからないが、そんな一つや二つを人は誰もが持っていて、それを、世間から隠すためにあえぎながら努力するのだが、世間、いや人間は怖い。あっというまにあばいて、さらし者にする。たとえば永井荷風の家と金。親しくなった女ですら、けっして中に入れようとしなかった新築の十二坪の家は、二年にして六畳の居間に蜘蛛の巣が張り、安物の火鉢のそばには埃まみれの書物が散乱していた。紺の背広にこげ茶のズボン、首にマフラーを巻いたまま、蒲団から身を乗り出し、吐血して死んだ部屋には、現金二十八万円と定期預金八百万円、普通預金二千万円の通帳があった。荷風はこの金を死んでも隠しておきたかったにちがいない。斎藤茂吉なら五十歳を過ぎてできた愛人。そして川端康成の自殺の理由《わけ》、樋口一葉の自閉症と、隠しておきたかっただろうことをあげたらきりがない。

松阪駅には、改札を入って階段を上がった構内に、食堂があった。(三年前にコンビニに変わった)食堂といっても定食だけではない。おでんあり、イカの一夜干しあり、モツ煮込み、ホッケの開きと、押しも押されもしない立派な居酒屋である。四人掛けのテーブルは、相席があたりまえだけれど、とにかく早いのがいい。客が「おまかせ生」と言い、オバちゃんが厨房に向かって「おまかせ生!」と言ったとたん、生中と枝豆と冷やっこ(六百円)が出てきた。人が、やかましいほど出入りするこの店で、私は詩を書く友人とよく飲んだ。つかの間、世間から隠れたつもりでいられた。

地球だってどこかにマンモス象の最後の一頭を隠している。まだ誰もその足跡につまずいていない。

目だまを入れかえるころあいかと

からだを斜めに細らせなければ　入れないところに収まって
わたしは思っている　新しい浮子が欲しいと
そうすればだれよりもたくさん釣れる
そうすればこんな窮屈なところに挟まったまま
身動きできない状態から　抜けられるはずだ
わたしが思うところの　新しい浮子とは
水深一メートルのタナを釣る　いわゆる浅ダナ用の浮子であり
トップ　ボディー　アシともに長さは五センチ
トップは五節　それぞれの接続部は段差なくなめらかで
駒のように回しても　まったくぶれずに芯が通っている
そのような浮子なのだ
加えて　接着剤　塗料は必要最小限に抑えてあり　羽根のように軽い

ああ　そのような　新しい浮子があれば
わたしはこの陥没した人生から　抜け出せるかもしれない
（佐々木安美「新しい浮子」、『新しい浮子　古い浮子』）

電信柱に小便するみたいに千人斬りをした（と自ら書いた）田辺茂一ほど大胆に生きなくてもいい。〝わたし〟は、ただ、新しい浮子が欲しいだけなのだ。新しい浮子ならたくさん釣れる。たくさん釣れたら、身動きできない日々から脱出できるだろうというのだ。つつましい願いだ。つつましくて切実で、目頭が熱くなる。作者にとって浮子は、「生」と同じくらい重いのだ。「猟師でいうと、ぼかァ、体力的に、うちを出るときに持ってでる鉛の弾の数が少ないんですよ。だからできるだけテメエが撃ちたい獲物だけを撃つ。ムジナだとかモグラだとかは狙わないで、たとえ小振りでもいいからイノシシを撃つ。そういう仕事をしたいですねえ」と言ったのは渥美清だが、そのように、新しい浮子で作者は、「水深一メートルのタナ」で釣ると書く。浅ダナで、二十センチの大きなメバルが、入れ食いだったという話を聞いたことがあるが、生活者としてのさびしさが少しずつ哀しみに変わっていく作品だ。

浮子はさまざまな物が売られているが、二千円も出せば買える。それくらいの物で生き直そうとする庶民のせつなさが伝わるこの詩を読み、ふいに昔住んでいた愛知県吉良町を思い出した。気がつくとうなだれて歩いていた、産業も娯楽もみごとになかった町は、だが夜になると田畑がはるか遠くまでまっ昼間になった。数え切れぬほどのビニールハウスが歓楽街のごとく、皓々と輝き、中で電照菊が、暗がりで背を伸ばそうたって、そうはさせないよ。丈は七十センチまで！　とばかりに照明をあてられ、懸命に目を覚ましていた。

「酔ってない」が酔っ払いの決まり文句で、ほどほどということが難しいのが酒だが、釣りも負けず劣らずだ。私の父親は、生涯稼ぎが悪く、生活は苦しかったのに、釣り竿は高価なものをそろえた。高価な竿で一日ねばって何も釣れないと、「浮子が悪い」と言った。浮子さえ良かったら、と言い張った。「陥没した人生」から抜け出そうと必死だったのだ。

この詩を読んで思った。本当に手に入れたかったものは、浮子でも竿でもなく、もっと遠いものだったのではと。

2キロに渡る大峡谷を　わたしたちは見た
5000年前に描かれた象の親子を
5メートルもあるひとの男の形や女の形を
もっと巨きな　宇宙に消えていきそうな
牛の頭の星形の手の巨人を
それらの絵は旅行者の自動車が通るたびに
少しずつ　消えていくという
また　わたしたちは見た
青いターバンを巻いた青い衣の男が

奇妙な小さなかんぼくの生えた草原に
腰かけているのを
その男は砂漠に雨がふったので
よろこんでいるのだという
その小さなかんぼくのような草は
百万もの種子を鈴なりにつけていて
ほんの一瞬の雨でも砂の中からよみがえり
一週間でたちまち砂漠は草原になるという
ウーロン茶を啜りながら
ふと　わたしは同じ時刻に
東京で眠っているあなたのことを想った
眠っているあなたは砂漠なのだ
眠りの砂漠には
大峡谷があり
ナウマン象がふりかえり
こどもの象を連れて歩いているのだ
火の魚や
アンモナイトや

太古からの深淵をのぞく柱の影の動物たちや
衛星のジェラルミンの破片や
すきとおった宇宙服や
ひかる星形の手の宇宙人が明け方の空に
消えていくのだ

わたしは急に光速のスピードでパリから
東京へ飛んで帰り
眠っているあなたを揺さぶり起したくなった
あなたは2万年も待っているのだ
このわたしを
雨のわたしを

（鈴木ユリイカ「都市の神話6・未来」部分、『大阪詩集'87』）

詩行に、光る水平線が引き込まれていくような作品だ。人は、どこにいても雨に導かれてきた。渇ききった、むごたらしい自然と向きあいながらも、一瞬の雨に命をよみがえらせ、生きる喜びを見つけてきた。だが、サハラ砂漠の、あの巨大な地平に残った古代文明は、旅行者が通るたびに少しずつ消えていくのだという。三十億の塩素基対の遺伝暗号と、六十兆個の細胞を持ち、神秘の深淵を生きているはずの人間という生きものは、「素直そうで複雑で、小心に見えて大胆。利口なくせに馬鹿をしでかし、正直が正直を積み重ねて悪意を生みだす。そしてまた、ひねくれ、いじけ、業の底に落ちても、純情を捨てきれない」（濱口道成）のだから、「自然は小さな鎖でつながった大きな輪のようなものではないだろうか。どれ一つとして、人間が勝手に取りはずしていいものではない」（野呂邦暢）という言葉も届きようがないのだろう。

この詩の横に、檀一雄の『小説 太宰治』が読みかけのまま伏せてある。

「気がついてみると、私は草野心平氏の蓬髪を握って睨み合っていた。それから、ドウと倒れた。「おかめ」のガラス戸が、粉微塵に四散した。いつの間にか太宰の姿は見えなかった。私は、「おかめ」から少し手前の路地で、大きな丸太を一本、手に持ってかまえていた。中原と心平氏がやってきたなら、一撃の下に脳天を割る」

中也にからまれた太宰を檀はかばったが、すでに太宰は姿をくらましていたという。悲鳴が聞こえるような文章だが、彼らとは対極にあるこの詩の中の、今日の水と明日の太陽のことだけを考えて生きる人々にとって、文学とはどんな存在なのだろうと、ふと考えた。

地上の瞬間が、いくつも積み重なったその先で、空の点呼は始まっているのだろう。いれたてのコーヒーが、引力にさからうことなく音をたてて落ちるように、作者が突然、都会で生きる人のところへ、雨になって帰りたくなる最終連は心に染みる。時を忘れて雨を待ち続ける人々と、高速のスピード文明を生きる人々が交差する詩行に魅了されたが、雨の洗浄ではまにあわなくて、目だまを入れかえることだって時にはある。

遠くも近くも
ひとりではもうほとんどみえなくなってしまった
おおそれながら
殿
目だまを入れかえるころあいかとぞんじます
遠いものには
遠くの目だまを
(近いものには)
近くの目だまを
というのでは爺、まるでしろうとではないか
なんだか学生あるばいと同然である
世間ではちょうどよいところにだいじな風景があった
遠くも近くも
みんなでおれをにくんでいるかのようだったな
どういうわけか
てまえどもの過去もみらいも末広がりでございます
(なんてつよがり)
こわれた鉄扇みたいなもんだ

みろよ
おこられて
さしだしたその手ごとふふんと切りおとされた
あつくもさむくもなく
辻斬りにはもってこいの日曜日
あきんどが
ちょうどよいところにまたさしかかった
遠くも近くも
ただひたぶるに渋くしめっているぜ
つべこべいわずに
そこへなおれ
どこまでもつづくだいこん畑のあちこちで
切られたわたしの手先だけがかろうじて見分けられた
どうしてそんなに
たくさんのいらない手をもっていたのか
頭の皿をわられて
今ではちっともわからない
のどがかわいた

爺、うーろん茶だ
（廿楽順治「おちこち」、「ガーネット」六十一号）

「遠いものには／遠くの目だまを／（近いものには）／近くの目だまを」その通りだなァ。生のはじまりは、そんなところからだろうが、人間は、何をしても気分が爽快で、遠くのものが近くに見えはじめ、目に入るものがみな美しく見え出したらあぶない。目だまを入れかえたほうがいい。いや頭をはずしたほうがいい。はずさなかった北杜夫は、突然四十を過ぎて「文学は男子一生の業にあらず」と広言し、「チキ・チキ・バン・バン」みたいな娯楽映画を製作すると言って、小説を放り出して資金作りに走った。「おれは株の天才だ」と舞い上がって仕手株に手を出し、銀行、出版社、友人から借りまくって、破産寸前になった。遠くのものも近くのものも光っていたという。一方、自由奔放、才気換発、波瀾万丈……と、パソコンが泣いて喜ぶ四文字変換人物平賀源内は、刀、脇差、蒔絵物を改良して輸出する企画書を藩に出したが、却下された。摩擦で静電気を出すエレキテルを発明するも、人々がついていけなかった。万歩計を作り、六百種の魚類図鑑『衆鱗図』は、世界に誇る一級品だが、時代に束縛されたアウトローのような生活だった。ついに「目だまを入れかえるころあい」と思ったのか三十三歳の時、高松藩に辞職願いを出した。

話が脱線したが、江戸時代が匂うこの詩の裏に、現代社会が透けて見える。破れかけた旗のような生きものが、生き延びるために時代をまたいでいく姿に引き込まれた。時代がほどけかかったこの詩の対角線上に「酔漢《よいどれ》のまた幕末を語りだす」（江里昭彦）ではないが、江戸と平成が夜店のように向きあっている。明かりがついている。

時間は本当は物質で、川のように流れ去るものではなく、積み重なっていくものかもしれない。繁雑な日常が、波となってくり返し打ち寄せる中、四十を過ぎたあたりで、人は一度は動けなくなる。自分にはこの生き方しかなかったのだと言い聞かせつつ、一方で、違う人生があったのではないかという焦燥感に、夕焼けた空に向かって、いななきたい衝動にかられる。

そういえばもうずいぶん前のことだが、職場の営業課長は、まっ黄色のワニ皮の靴をはいていた。ヒモつきだが、この世のものとは思えない色だった。あんな靴は田舎にはない。名古屋の高島屋でも売ってないだろう。「どこで手に入れました?」とはきかなかったけれど、たぶん都会の表通りから裏通りへ入った靴屋の、「春の皮靴一掃大棚ざらえ」コーナーの片すみに、そっと置かれていたものにちがいない。職場では、いつでも立ちあがれるようにと椅子に浅く腰かけた仕事ひとすじの課長は、その靴を見つけて、ゆっくりと血走ったにちがいない。

「日が落ちたら、地べたばかり見て歩くよ。暗くなると人間は金に無頓着になるからな」近くの古墳公園で寝泊まりする人は、先日、駅周辺を歩いて、あわせて千八百円拾ったと言って笑った。笑い顔が、夕焼けた空に溶けていく。

知らない太陽が知らない土地の上に

ホームのベンチで
ダウン症のむすめさんが
バッグの中の物を
すべて取り出し　並べてから
ひとつひとつ　声をだして確認し
バッグへ戻している

わたしは検査入院しての帰りで
電車がくるまでと
なにげなくみていた
唐突に　電車より
確実にやってくるものにうながされ

彼女を真似て
胸の内にあるものを取り出し
ひとつひとつ並べてみた
どれもこれも
戻しても戻さなくても
いいものばかりにおもえてくる

彼女はすべてをバッグに戻しおえ
にこやかに
電車がやってくるのを待つばかり

さっきから響いているのは
耳鳴りなのだろうか
気をとられていると
入線のアナウンスが流れてきた。

（村田好章「遠雷」、「ふ〜が」三十四号）

人生を折り返した者には心にせつなく残る詩だ。健康を損なって、胸の中にしまっておいたものを一つ一つ取り出してみたら、どれもこれも、元に戻さなくてもいいものばかりだったというのだ。日常の一コマを、さりげなく切り取って、さびしさがうっすらと夕焼けに染まっていくのが見える。

健康な人間が、突然大きな病に冒されて死を予告されたとき、どのような行動をとるか、という講義が関西の大学で人気だという。自分にとって①形のある大切な物、②形のない大切なもの、③大切な人、についてそれぞれ紙に書き、病が進行するにつれ、一枚ずつ破り棄てていくという内容だが、ある学生は、「物はすぐに破ることができた。でも最後に残った〝母〟と書いた紙は、胸が苦しくなって、どうしても破ることができなかった」と振り返った。死に向きあい、死を通して生きる意味を考えるなら、〝物〟は、無に等しい存在なのだ。

朝日新聞の記事に、日本の一般家庭にある〝物〟の全てに、一つ一つ番号をつけたところ、一万点を超えたとあった。台所だけで、五百種類以上の物があったというが、家にあふれた膨大な量の物は、苦しまぎれに社会と折り合いをつけた結果といえるかもしれない。

あらためて家の中を見回す。部屋からあふれて、廊下や階段を占拠した〝物〟は、どれもこれも、今すぐにでも捨てていいものに思えてくる。

それにしても、通販で買った物はどうしてこうカタログと違うのだろう。注文した品物がダンボールに入って届くと、ガムテープをはがすのももどかしくフタを開けるのだが、開けたとたん力が抜ける。待ちわびたワンピースはこんな派手な赤ではなかった。旅行カバンは牛皮と書いてあったのに、まるで木の皮のように固い。五万で買った、座ったままで痩せられる電動イスは、スイッチを入れると右に左に心地よく回転して、テレビを見ながら毎日十分続けるだけでウェストが細くなるはずだった。しかし、使ってみると頭まで振られて気分が悪くなり、十日後には首がねんざしたように痛くなった。石でできているのではないかと思うほど重いこれを、私はよろよろと押し入れまで運び、フスマを閉めておしまいにした。もう何年も前、テレビのコマーシャルを見て、買わないと一生後悔すると息を荒くして買った電動ウォーカーは、ベルトの上を十分歩くだけで二百キロカロリーを消費するはずだったが、今では押し入れの中で横倒しになり、死体のごとく眠っている。手前には片目だけが入った福ダルマが一つ。新年に何を祈願したのだったか思い出せないが、こういう縁起物は一年たったら神社で燃やしてもらうものだ。しまっておいても何の役にもたたない。

執念のようにしまっておいたこれらの物を処分すると、そこに、消すに消されぬ母親が立っていたりする。

小学校に入る時
面接試験があった。

簡単な試験でその一つは
二枚の機関車の絵を見て正誤を当てるものであった。
進行方向のトンネルの方へ煙が流れているものと
汽車の後方へ煙がたなびいているものとである
もちろん私はトンネルの方を選び
得意気に後ろに座っていた母を見たという

問題はもう一つの方で
自分の住所と父母の名前を言わせるものであった。

住所の方はすぐ答えた
父親の名前もすぐ言えた
母親の名前になった時　私は急に黙ってしまい
何回も聞かれた後やっとわかって　オイ
と答えた。
いつも父が母を呼ぶ時
オイオイ　といっているのを
思い出したのだ。

家に帰って母は
居合わせた姉に
なんて情けない　と泣いて語ったという
自分の親の名前も知らないなんて――
私は私で
初めて母に名前があったことを知って

（井川博年「母の名前」、『そして、船は行く』）

驚いていたのだ。

「人は近くにいる時よりも、むしろ遠去かった時に、くっきりと鮮やかな形を見せてくるものだ」と書いたのは川本三郎だが、遠い日の記憶を、みごとに切り取ったこの詩のそばに、井川の母親がしゅうしゅうと身体から音をたてて立っているのが見える。母親の名前を知らなかった、そのさびしさで全てが閉じられた気配がする詩は、けれども少しの滑稽さを隠している。

私の娘は四歳の時、保育園に入園するために簡単なテストを受けたことがあった。体育館の隅に置かれた机に子供と二人の先生が向かいあって座り、親は外で待機していた。しかし、テストが始まって一分もしないうちに、赤い水玉模様のスカートが、一心にこちらに向かって走ってくるのが見えた。自分の年齢を聞かれて答えられずに、娘は逃げ帰ってきたのだった。

最近私の考えることはただ一つ
その日も帰って考えた
――ボクハドコデ死ヌノダロウ
　生マレタ所ガ故郷ナラバ
　死ヌル所モ故郷ナノダ

（「貧窮問答」部分、同）

と井川は書いたが、そのようにどうしても帰らなければならない何か、たとえば親がいなくなってしまえば、もう他の誰からも聞くことができない何かを、故郷は抱き続けている。

いつだったか熱があって仕事を休んだ日、ふとんの中でぐったりしながらアイスクリームを食べていたら、ふと、本棚のすみに立てかけてあった『家庭の医学』が目に入った。「発熱と病気」というところを広げると、①咳と痰が出る――気管、気管支、肺などに、ウィルスや細菌の感染がおこっていると考えられ、肺炎、肺感染症の危険性がある。と書かれている。私はやおら起き上がった。朝から頻繁に咳が出る。痰も出る。にわかに咳込みながら次を読むと、②頭痛がする――頭痛が激しいなら日本脳炎、流行性髄膜炎が疑われ、すぐに医師の診察が必要である、とある。そういえばコメカミのあたりがズキンズキンする。ページをくると、③腹痛を伴う――急性虫垂炎、急性胆のう炎、急性腹膜炎と、急なことばかりだ。もう寝てなどいられない。わななく指でさらにめくる。皮膚に斑点が出るというところには何と、白血病の疑いとあるではないか。もうすぐ死ぬのだと思い、息もたえだえになる。急に寒気がして横になっていると、④悪寒がしだしたら、敗血症、腎盂炎、産褥熱が疑われる、とあり頭がモーローとなった。モーローとした頭で考えたことは、この先の身辺のこと、特に、老人ホームで暮らす母のことだった。老人ホームで、隣の人のおかずをつまみ食いしたと近況報告に書かれた母のことを考え、それから、子供を産んだのはもう何十年も前だから、この熱は産褥熱ではないな、と思い直したのだった。

「生き続けることは、人と別れ続けてゆく罪を負ってゆくことだ」と川本三郎は書いたが、日めくりを一枚一枚破り棄てるような、あわただしい日々を生きるうち、たくさんの大切なものを失ったことにある日気がつく。そして、ふっと空中庭園のような場所で酒を飲みたくなる。無理を承知で日常をまたいでみたくなる。

空の中にヒバリがいて
しきりにさえずっている
あんまり夢中でさえずるうち
空に張りついたまま
姿は光に溶けてしまったのか
声だけになり　だから一層躍起になって
声を張り上げているようだ
ヒバリがいるはずの高いあたり
じっと凝らしていると　眼が
ひりひりと眩んでくる

社用を済ませた僕は
郊外のホームの端っこに立ち
電車を待っている

電車は　何かの事情で
しばらくのあいだ来ないらしい
（くぐもったアナウンスが流れて過ぎたが
ヒバリの声でよく聞き取れなかった）
しばらくとは　さて
どのくらいだろう
ヒバリで言えば
何小節　あるいは　どれほどの高さ
しばらく　がはっきりしないので
しばらくは　会社に電話を入れない

（川島洋「ヒバリ」、「波」十二号）

何かに遅刻したい、という思いが、気弱くも気高く希望となって体の中を流れていて、この詩を読んで、何ともいえず幸せな気持ちになった。会社は少し腫れていて、気軽には帰りたくない場所なのだ。空に張りついて、躍起になって声を張り上げるヒバリは、大人になって、だんだん忙しくなって、何がなんだかわからなくなった自分を見るようで、滑稽だ。電車が遅れると、容赦なく追いかけてくる時間から、行方不明になれる。今日一日にあかるく復讐した気持ちになる。

夕方のニュースで、家路を急ぐサラリーマンに、「今、一番やりたいことは？」と質問していた。

突然マイクを向けられたおとうさんは、「うーん」とうなってから、「旅をしたい」と答えた。家族旅行かと聞くと首を横に振って、一人旅がしたいという。「おとうさん荷物持って」「鍵持った?」などとおかあさんに言われる、ヘトヘトの旅ではない旅がしたいのだ。「♪しーらなァい　まァーちをー　あるいてみィーたァーい　どォーこォーかァ　とォーくへー　いーきィーたァい」答えるおとうさんの体の中は、きっとこの歌でいっぱいなのだ。きらきら光る瀬戸内の海。群がる白いカモメを引き連れ、金色の航跡を引いて帰ってくる漁船。おとうさんでなくても胸がいっぱいになる。長い年月、ただひたすら会社勤めをして、気がついたら、この年になるまで、どこにも行っていなかった、という思いが、ぞうきんをしぼるようにしめあげてくる。おとうさんはいつか、規則だらけの社会からはみ出したい。たとえば五月、おかあさんに内緒でJR特急あずさ二号に乗って、ふらりと白馬まで行ってみたい。澄み渡った空に映える北アルプスを眺めたあと、山麓を流れる清冽な水で打ったソバを食べてみたい。蔦のからまる美術館で石膏デザインなんかを見て、芸術について考えてみたい。こう書いていくと、なんだか必死になって旅情を追いかけているようで、胸が苦しくなるけれど、競争、悪口、嫉妬等がうずまく会社社会にもまれ、流されていると、自分の知らない太陽が、知らない土地の上に昇っていくようで、不安でたまらなくなるのだ。

望遠鏡を、反対から覗いているようで

太平洋戦争中、徴用作家としてジャワにいた武田麟太郎は、警戒線を突破するのがうまかった。夜更けになるとこっそりと宿を抜け出て、立入り区域外に出て、森の中の現地人の家へ酒を飲みに行くのだが、警戒線を破るのは生やさしいことではないのに、歩哨に立つ兵隊に「やあ、ご苦労」などと声をかけて、悠々と区域外へ出ていった。現地人の家で飲む酒は、けっしてうまいものではなかったが、帰る時、彼は、いつもたくさんの金を渡して帰ってきた。

「武田君、あんたはこの大戦争を舞台に、何かこのわが国民の道しるべとなるやうな、大作品を書く気はないかね」

少将が聞くと

「さうですなあ」

「懦夫をして立たしめる慨のある小説を書く気はないか。腹案を考へたらどうですか」

「さうですなあ」

「しかし、君も何か書く気はあるだらう。小説を書く気はあるだらう」
「むろん、何か書く気はあります」
「では、さつそく実行したらどうだ。戦地では、至るところに材料がころがつてをる。ジャワを舞台にかいたらどうだ」
「いづれ考へておきませう」

（井伏鱒二『文士の風貌』）

コンニャク問答に匙を投げたのか、少将は武田に話しかけるのを止めた。現地人と酒を飲んでいる時、武田の時間は止まっていた。その止まった時間に、彼は支えられたのだろう。

私の時計は　ソーラーパワーで動くので　充電のために光を浴びなくてはなりません。
私は　その時計を　自分の部屋の机の上に置いているのですが　机は西の窓に向いていて　夕日しか当たりません。

つまり　私のソーラーパワーウォッチは夕日のみで充電しているのです。
充電というのは　目に見えないけれど　他のエネ

ルギーを自分の中に取り込むこと。
ですから　私の時計は正確に言えば　夕日パワー
ウォッチなのです。
ある日　私はおもしろいことに気づきました。
夕日だけをエネルギーにしている所為でしょうか
私の時計は　時々何かを考えている風に針を止め
ているのです。
そして　私が見ているのに気づくと　あわてて進
み始めます。

夕日が沈んで　あたりが薄暗くなっても　夕日を
取り込んだ私の時計は　しばらく　茜色に輝いて
います。まるで熟したリンゴのように　あるいは
信じる人のように。

（吉田隶平「夕日の時計」部分、「グリフォン」十三号）

ああ、こんな時計が欲しかったなァ。張りつめていた真昼の太陽が、夕方、ホッと肩の力を抜いてゆらゆら沈んでいく。そんな少し弱ったエネルギーで動く時計だから、ときどき針が止まるのだろう。この詩を読むと、仮病をつかって保健室にいるようで、いい気分になる。少し熱がある顔をして、昨

日ついたウソのことなんかを反省しているようで、幸福な気持ちになる。世間がゆっくりと遠くなる。そういえば昔の時計はよく止まった。時間の粒がきゅうきゅうに詰まっているようだったネジ巻き式の腕時計は、長い夢を見続けているのか、今では引き出しの奥で針を止めたままだ。この時代、よく止まる時計など捜しようがないが、電車や飛行機と伴走する〝時間〟という見えない得体の知れないものは、いったい何を材料にできているのだろう。毎日、朝から晩まで追いかけてきて、生きている間じゅう顔を張り続けるものと、正面きって話しあいたいと思うことがある。

旅先で小さな図書館を見つけると、ふらふらと入ってしまう。建物は、この詩の、「私の時計は時々何かを考えている風に針を止めているのです。／そして　私が見ているのに気づくと　あわてて進み始めます」そのままに、時間に見つけられまいと息をひそめて、ひっそりとたたずんでいる。

雑草という草はないというけれど、ぼくならこう言う、雑草のほかに草はない、と。雑は命の基本なのだから。

島でぼくはときどき雑草屋というものになる。茫漠と草の生えた野面に縄を張って、幾つも幾つもの区画を作る。そしてそこにあるものを商う。穂のあるもの、ぎざぎざのもの、広く柔らかなもの、棘のあるもの、花をつけたもの、ぼやぼやと生えているもの。仕切りの内も仕切りの外もすべて同様の草。

原っぱに立って、
さて、イカガミの雑草屋でございい、と、こう言う。その時風がどうと吹く。
イカガミとは何のこと、と聞くだろうが、ぼくにも分からない。いかがわしいのイカじゃあないが、鑑《かがみ》になれるような性質《たち》でもない。口滑りの良さで使うわけだが、
さて、イカガミの雑草屋でございい、と、そう言う。
応と答え、わっと囃し立てるものがあるかどうか。

そこでズボンのごみを叩き、空咳をする。雲を眺め、縄のゆがみを直し、茂みに隠れて立ち小便もする。手帖を取り出して、仕舞う。また取り出す。足踏みをする。頬を膨らます。それからまた、雑草屋でございいと声を張り上げる。することはじつに際限もない。

（田中武「雑草屋」、『雑草屋』）

なさそうであるような、落語の世界のようなこの詩に、心も体もゆるゆるとほどけていく。社会と

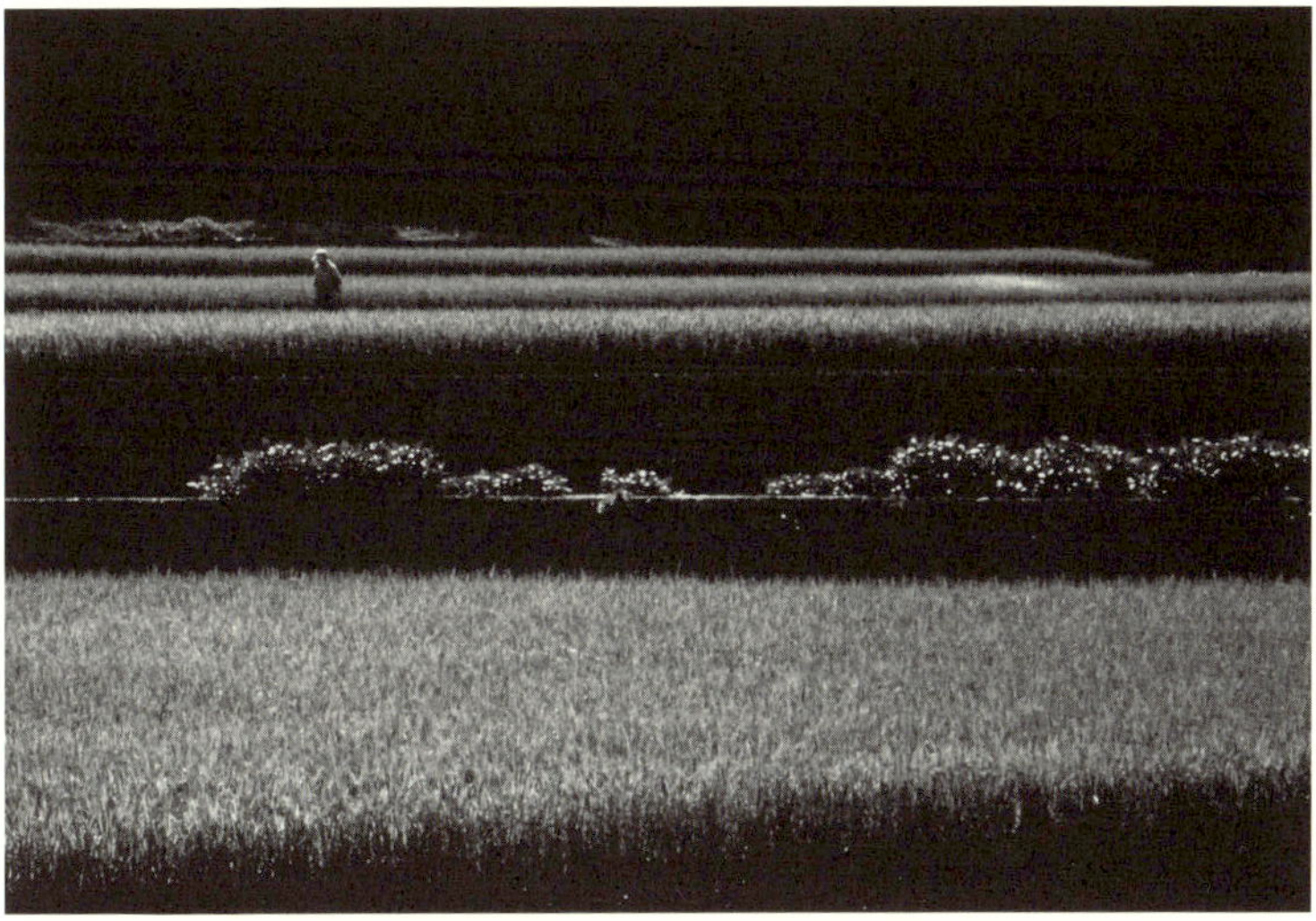

いう鎖、時間という鎖から解き放たれた気持ちになる。「電話というものが出来てから、いっぺんに時間のたつのが早くなった」と言ったのは井伏鱒二だが、電話など鳴りようのない、茫漠と草が生えた風の野面を、「雑草屋でござい」という声が、遠く広がっていく。穂のあるもの、花をつけたもの、棘のあるもの、ぼやぼやしたものの上を雲がゆっくり流れ、野面はまるで人間社会のようだ。作者はその社会を叩き売るがごとく、声を上げる。

　わっと囃し立てるような雑草を思いうかべるうち、大阪人を書いた作家兼住職今東光のエッセイを思い出した。東光が、八尾の天台院にいた頃、谷崎潤一郎が訪ねてきたことがあった。すると檀家の人たちは、身を乗り出して東光に聞いた。

「あの人、だれだンね」

「谷崎先生いうて、わたしのお師匠さん」

「谷崎先生てなんだンね」

「文化勲章いただいた偉い先生だ」

「ブンカクンショウってなんだンね」

余談のついでになさそうであった話を古今亭志ん生『びんぼう自慢』から一つ。

「円右《えんう》は人情ばなしの名人だったが、借金のほうも名人でありまして、方々から金を借りるが返したことがない。返すつもりはあっても、返すことができないのだから、自然とそういうことになってしまうんです。借金取りなんぞ、いくらきつく押しかけたって、「ねえもなア、しょうがねえだろう」てえんで、ビター文にもなりゃァしません。とうとう、金貸しのほうが集まって、「どうです、みなさん。もうこうなった以上、誰が取って、誰が取らないんじゃァ不公平になるから、この際、みんなであきらめましょう」「うん、そうしよう」てんで、貸した金はそのまま熨斗《のし》ィつけてやる。記念に被害者一同の連名で、うしろ幕を贈った」

今の時代では考えられない、雑草のように仲びやかで粋な話だ。

雑草屋は、既成の容量からはみ出て、手足を伸ばして生きる人々に似て、新しい呼吸法を教わった気持ちになる。〝文明〟というものを強引に創り続ける人間が、みな草になっていくのが見える。

山にのぼって
体操をして
深呼吸を三回して
空に

鳥が舞っている
あんなところで何をしているんだろう
と
向こうでも
思っているかもしれないいな
ひとり　山の上にいて
遠くの町や空を見る
一日　誰と話すこともなく
山の上に小さな畑を作り
たった三つで亡くなった子供のために
童話を書きながら
誰にも読まれないままに
年老いて
ひとり死んでいったおじいさんの物語
鳥は空のどこで死ぬんだろう
思い出すと
ちょっとつらくなってくる
そんな風景ってあるね

誰からもここは見えないけれど
もう一度深呼吸をして
鳥にも　さよなら　と言って
のぼってきた道を
今日も
ひとりでおりる

（高階杞一「山にのぼって」、『桃の花』）

ふかい悲しみを、孤独のかたまりとして抱きかかえるのではなく、さりげなく山や鳥に分けている詩行に、心がほどけていく。人よりも前から地球上にいた鳥が舞う空の下、一人山上に住み、小さな畑を耕し、三歳で亡くなった子供のために、誰にも読まれない童話を書きながら死んでいった老人。さりげない詩行はうすく光って、悠久の時間の下、人と鳥がふっと溶けあってしまいそうだ。

世界の芥子粒のような存在でありながら、なぜ人はこんなにものを感じたり考えたりして生きねばならないのかなどと考えるうち、夕焼けた空をゆく鳥や雲のように、人もまた間違いなく消滅する生きものだということに、あらためて気づく。

万年筆のペン先にも、パソコンの画面にも、コーヒーカップの柄にも時間は存在している。細かいチリのような、目に見えないそれを吸ったり叶いたりするうち、一日は終わっていく。そんな日々を山上から見下ろすと、望遠鏡を反対から覗いている気持ちになる。地上にはりついた家々は、まるでうずくまる生きもののようで、動きまわるものが人間だとわかるまで、時間がかかるだろう。

吉行淳之介は、確定申告で税務署に〝女代〟を認めさせた。彼の文学はいつも女が主題だが、その女たちを、ただペン先に登場させたのではなく、その存在に深く迫るために相当額の経費をつぎ込んでいるのだからと、必要経費として申告して、その真摯な姿勢が、税の規定を動かしたのだ。この話には続きがあって、吉行の話を聞いた柴田錬三郎が、「オレも女のことはよく書いている」と、必要経費として申請したところ、却下された。「純文学と大衆文学を差別するのか」と怒ったら、「いや、あなたの女遊びは、取材という以上にしっかり楽しんでおられる」と言われた。

詩も、生の一部を切り取ったものでなく、人間の本質そのものと向きあった作品は、読み手の心を揺さぶる。体の中で何かが入れ替わるのがわかる。

いつもどこかへ行く途中だった

高校二年の時に赴任してきた国語の左右田先生は、最初の授業で開口一番、「教科書をしまいなさい」と言った。それからチョークをぽきぽき折りながら、右下がりの文字で黒板いっぱいに吉野弘の詩「夕焼け」を書いた。竹の棒で詩行をさしながら、ボソボソと、何やら〝人間のせつなさ〟について話をしたあと、チャイムと同時に黒板拭きできれいに消した。次の時間は黒田三郎の「朝」、その次は辻征夫……と続いた。

生きるかなしみのようなことについての熱心な話をまだ十六歳だった私たちは理解できないまま、ぼんやりと聞いていた。空が青く晴れ渡った日は、「外に出なさい」そう言って校庭横の芝生が教室になった。頭上をもんしろ蝶が飛び、風が吹くと桜の花びらが舞った。夢のような授業だった。それから三か月たったある日、突然先生はいなくなった。進学校なのに、詩の授業ばかりしてけしからんということで、遠い町へ転任になったのだった。詩集をぎゅうぎゅう詰めにして鞄にしまっていたけれど、あれから詩集は、先生と一緒に、見知らぬ町へと出発したのだろうか。

すすきの野が冬枯れで
叢の鳥の巣の名残が
ひょいと目についた
何という鳥かは知らぬが
なんとまあ　精巧な巣作りをするものよ
ありふれた材料で
計ったような紡錘形
その職人技には舌を巻く

——略——

かれらの生き方は
共通して風のまにまに
即ち風流を求め　風狂に憧れたのであろう

茶の道の本流は
山中に樹を伐り
粗末な小屋を作り

ひととき茶を嗜んだあと
そこを去ることだと聞いた
小屋はやがて朽ち
大地に還る
究極のエコ住宅だ

それを話したのは吉田健一というひとだった
いつも酔っ払ったまま教壇に立ち
酒を呑んでいない日には舌が回らなかったから
何を言っているのかわからなかった
吉田茂の長男だったが
政治家にならずに文学者になった

鳥が残した巣を見ていたら
授業を終えた吉田健一が
いそいそと翔び立ったあとの
なんだか侘しく黒ずんだ教壇が
思い浮かんだ　　（千木貢「山荘から（30）その四十一」部分、「ドクター・ビレッジの四季」四十三号）

空っぽの鳥の巣が、人を呼び込むことがある。文学者であり教師でもあった吉田健一が、冬の野へと、こぼれた酒になって詩行から流れ出るのが見える。風流までの距離を知っていた吉田の、いつも酔っていた講義は、どこへひらかれていったのか今では謎だが、品のあるエッセイは、どこかに父吉田茂のユーモアを隠していた。「愛読書は何ですか？」と質問されて、「銭形平次」と答えたあと、「つまらないものが好きだ」などと言って鞴鼈を買った吉田茂は、閣僚や政界の要人を招く別棟に、「海千山千楼」などと名付けたが、心は、この冬枯れの巣のように、少し荒れていたのかもしれない。

技術は日々更新される
釣りの世界だって例外じゃない

0・03号の釣り糸を見たことがある
金属製のタングステン
あんまり細くて見えないんだ
それから
見えない鈎鉤《つりばり》
パクッと餌を食った魚は考える
(「考える人」はいるけど「考える魚」っているのかな)

さっきまで
水中で泳いでいたのに
こうして
口を天にむけ
空中を泳いでいるのは
なぜだろう

釣人もおんなじさ
釣れた理由がわからない
老眼鏡をかけながら
ふるえる手元
精巧に作られた
見えない疑似餌
釣人にだって付いているかどうかもわからない
魚が釣れてみるまでは

魚よ
今度　掛かったら大変だぞ

技術はさらに進歩して
その頃には
釣人の姿だって見えなくなるかもしれないぞ

ほら
秋のゆうべの浅瀬では
見えない釣人が
見えない竿をふっている
見えない糸のその先の
見えない釣鉤《つりばり》あやつって
魚の最期の跳躍を
あんなに
ゆたかに
きらめかす

（八木幹夫「みえない糸」、「釣果」四号）

夏のまっ青な空の下で短編ミステリーを読んだような、遠い世界へ引っぱられていく作品だ。見えない釣り糸はタングステンでできているが、見えない釣り人は、どんな材料でできているのだろう。
昨年六月、近所の釣り名人にアユ釣りに連れていってもらった。名人は、毎年六月にはアユを釣る

ために生まれ直す、と言うほど気合いが入っていて、まっ青に晴れわたった空の下で次々と釣り上げていくが、私は、一匹も釣れない。ゴミも引っかからない。早く立ち去れと天の声が聞こえた気がしたが、釣れないのは「川がわるい！」（中上哲夫）のだから、どうってことはない。一日の雑然とした事が消え、心は遠くへと跳躍する。誰にも見えない時間を生きるのもいいな、などと考えながらこの詩を読むうち、いずれ心なども小さくたたんで入れられるケースが売り出されるのではないか、と思った。

アユといえば、昔読んだ本に、釣りの天才と言われた音楽家福田蘭童が、河口に入ったばかりの小アユなら、一日に百匹や二百匹はすぐ釣れる餌を発見したと書いていた。その餌の名前を誰にも教えないまま、蘭童は死んだ。その話を聞いて、長年かかってそれをついに発見した井伏鱒二は、紙に書いて開高健に伝授して死んだ。それを公表したら、あっというまにアユは乱獲されるから、今しばらくは言わないとした開高は、その餌を、「呆っ気にとられるくらいまともな物で、その時期のアユの食性を考えればすぐわかる」と言い残して死んだ。その餌とは何か。釣り人なら、誰でも知っていることなのか、とても知りたい。答は今、流星のように誰も知らない半島をかすめて消える途中ではないかと思うと、もどかしくてならない。

病院の廊下は迷路になっている。増築がくりかえされて。採血室、レントゲン室、心電図室の前を二度もとおった。うろうろしてはいられないのに。なつかしいものがあれば生きていけると言い言いしてきたひとのいのちがゆれている。なんとかエレベーターのあるところにたどりつき、循環器病棟の六階でおりた。ホールにはだれもいない。ナースステーションだけがあかるい。大きな浮かぶ水槽のよう。わたしはこれまで、時がひとのうえを流れていくのだと思っていた。でもそのひとの病室が近くなったときふっと、べつの思いにとらえられた。もしかしたらひとが時のなかをとおり抜けていくのではないか。ほんとうになつかしいものがあれば生きていける？　なつかしいものってなに？　木のぼり、石けり、ごむとび。はぐってもはぐってもとびつづけたごむとび。とびそこねるたびに空がかたむいた。雲がくずれた。そのひとはひとまわり小さくなって寝ていた。そっと手をにぎった。わたしたちは似たもの同士だった？　ごめんなさいが言えなかった。わがままで意地っぱりで。話をすることもあまりなかった。いつだったか、ぷいと自転車で遠出をしたこと。泣きながらペダルをこいで帰ってきたこと。泳ぎに行った坑瀬川でおぼれかけたこと。道も川も果てのないものに思われたこと。みんなだまっていた。わかっていたって？　そのひとの記憶のなかではもうなにもかもなつかしいものになっているよう。顔がやわらかいひかりにつつまれている。わたしたちはいつもどこかへいく途中にいる。どこか。きらきらし、ずぶぬれになり、しわくちゃになりながら。

（鈴木八重子「途中のこと」、「舟」一四一号）

子供の頃、秋田で暮らしたからだろうか、どこに住んでいても、真っ青な冬の空でも、ふわふわと雪が落ちてくる錯覚にとらわれる。なつかしいものは、一瞬にして体をやわらかくする。不幸をも吹き飛ばす力がある。

黄ばんだ通信簿みたいになってなお、「なつかしいものがあれば生きていける」と言う人に作者は会いに行く。いつも水位が高かったその人との年月をほどきながら、採血室、レントゲン室、心電図室と、人が淘汰される気配のする廊下を歩いていくと、その人は、おとといの桃のように傷んで、少し小さくなっていた。眼の中に、なつかしい日々を広げて。

最終行のように咳がきて、熱がきて、涙がきてなお人は、「きらきらし、ずぶぬれになり、しわくちゃになりながら」どこかへ向かう途中なのだろう。

まっすぐにどこかへ向かっていたはずが、立ち尽くしたまま、どうしていいかわからなくなるということが、長い人生の間にはある。

三好達治の詩「横笛」が、「新潮」（一九四六年十二月号）に掲載された時のこと。詩行に繰り返しあらわれる「ふるるひよう　ひようふよう　ふひようひよう」が、三好の達筆すぎる字のために誤読され、「う」が、みな「ろ」に印刷されてしまった。三好からは、さっそく速達で厳重な抗議文が届いた。

拙作「横笛」の甚だしき誤植につき申し上げます。三十四頁第六行以下たとへば、ふるるひようのうがろになり　全篇十五か所悉くひようがひよろになつてゐます　この作は写音のくりかへしにかなりの重点があり　それがこともあらうに　このやうな甚だしき誤植を被つては作者は天下に忍びがたき恥さらしの極刑を課された如き感にたへませんひようがひよろになつたのでは詩的効果も糸瓜もあつたものではありません　ひようふひよう　が　ひよろふひよろになつたのでは滑稽とも何とも名状のしようもないではありませんか　今晩は此上は何も申し上げかねます　久しぶりで眼から涙がながれました　草々

（文藝春秋編『孤高の鬼たち』）

ふひよろひよろに笑ったあと、詩を、天下に差し出す思いで書いた三好の姿に、胸がいっぱいになったのだった。

若い女性が電車の席で携帯に夢中になっている。彼女は、遠く麦の穂が金色にうねっていることも、上空でひばりが姿を見せずに鳴き続けていることも知らずにいるが、確かにどこかへ向かう途中なのだ。昔、劇場で喜劇を見て観客たちが大口をあけて笑うのを、少し前の席から、舞台を見ないでふり返って人の笑い顔ばかりを眺め続けた正宗白鳥。「おい、萩原いるか？」と犀星に声をかけられて出かけた後、妻が書斎に人を集めてダンスを踊り、深夜、野良犬のようにさまよって帰る場所がなかった朔太郎。彼らはあの頃、どこへ向かう途中だったのか。

すれちがいざま、ふたりになにか

私は私の名前をときどき忘れる
いや
ときどき意識しないでいる

そして
ときどき

自分の名前で
自分のことを
確かめたりする

私の名前以外では

私は私でありえないが
私と同じ名前の人物が
私だというわけではない

*

自分の名前を紙に書いて
中国語ではなんと読むのか
中国の人に尋ねたことがある

「ウォ・ブ・チー・タオ」
と　その人は言った

その人には
質問の意味がわからなかったのか

それとも
この手の質問にうんざりしていたのか

ともかく
私の名前は中国語では
「ウォ・ブ・チー・タオ」
だと思い込み

長い年月を経て
それが
「私は知らない」
という意味だったと知らされた

その間
そうとも知らず
「私は私の名前を知らない」
が　中国語での自分の名だと
うそぶいていたことになる

私の名前でないならば

私は私でありえないが
名前の意味を問われるならば
そのような名前が
うらやましくないわけでもない

（高橋啓介「私は私の名前を知らない」、「詩学」二〇〇一年八月号）

この詩を読んで思わず笑った。今日までたくさんの人と話をし、たくさんの人とすれ違ったはずが、ほんとうは、誰とも会っていなかった。事実を知って呆然とし、あとかたのない恥ずかしさに顔を赤らめる作者が見える。

人は自分の名前を錦の御旗のように立てて、この世をふかくさまよっているが、数えきれぬほど名前をばら撒いたあげくに、生きてきたような、生きてこなかったような目にあうことがある。

思い込みというのは実に滑稽だ。〝天平時代の石像の光背〟というふれこみで、二千万出して買った緑色のコケの生えた物は、調べたら、電気コンロのニクロム線だった。線をはずして、その上に小便をかけて、土に埋めたものだった。こんな物をつかまされて、怒髪天を衝いた人には申し訳ないが、おかしくて腹をかかえて笑った。小便でほどよく錆びた物を、いつくしむように手でなでまわす姿が目に浮かぶ。「ホウ、けっこうな物を」などと神妙な声まで聞こえてくる。

昔、東京高等学校教授だった黒須康之介が、芥川龍之介と京都、奈良を旅行した時のこと。日暮れて、降り出した雨の中を、法隆寺の近くの宿にたどり着いてみれば、玄関には電燈が一つ、座敷にはランプが一つあるだけだった。うす暗い部屋につっ立っていた芥川は、朦朧とした襖の絵をしげしげと見ながら「流石にここいらには古い物があるね」と言った。けれどもその絵は、翌朝見ると雨漏りのシミだった。他人のこんな失敗は心底たのしい。あかるくなった部屋でそれに気づいて、ゆっくりと血走ってくる芥川が見えてくる。

庶民は古美術などという高尚なことで失敗することなど、まずないけれど、身辺の小さなことの思い込みは、いくらでもある。

生まれたとたんに押しつけられた苗字と名前を、荷札のように胸に貼りつけ、世間の顔色をうかがいつつ、人は死ぬまで生きていかねばならないけれど、何も税務署に見せるのではないから、確定申告みたいな生を送ることはない。用心深く引き算した、けっして間違わぬ生などおもしろくないから、消しゴムで消し直せぬほど間違えてみたいと思う時がある。その結果、ふちの欠けた徳利で二級酒を飲むようなことになったとしても、それはそれでいいが、自分の責任の及ばぬところで生涯苦しまねばならないのはどうだろう。

クサカリマサオやヨシダエイサクの容貌を持って生まれてきたら、私の人生は現在とは全く異なった様相を呈していたにちがいない。おそらく私は漁色家になっている。持って生まれた資質を生かさない法はない。美男には美男の生き方がある。私は醜男だ。恥じてはいないが、口惜しい思いはある。したがって、鵜の目鷹の目いかに漁色にうつつを抜かしても、その努力はついに報われなかった。私は色男という美名で自分を飾ることができない。人生には様々な選択肢があるはずなのに、最も輝かしいものが欠けている。そんな思いに囚われる。それが悔しくて、急に私は道徳家に変貌する。負け惜しみみたいだが、ともあれ心の美しさこそが本当の美しさだとか何とか、そこに人間の価値を認めることにする。心の美しさは肉眼では見えないのだ。心眼でこそ見える。私から去って行った女たちの目は節穴だったのだと嘯く。しかし知人の某がクサカリマサオ風の風貌を持ち、同時に人格優れた人物だったりすると、私の信念は瓦解する。その時、私の心の底に微かに残る澱のようなものは何か。醜男に生まれたことが私の生の根源である。

（高橋英司「醜男」）

「字面を見ただけで、作品のよしあしはわかる」と佐藤春夫は身もふたもないことを言ったけれど、字のまずさは今ではパソコンで隠せる。性格の悪さも、とりあえず口でごまかせる。けれども隠すに隠せぬ顔はどうか。

こんな顔に生まれてきたばかりに〝冬の時間〟を人よりも永く手にしたといえる人が、この世にはいる。写真さえなかったらもっと売れただろう詩人や作家は挙げたらきりがない。梶井基次郎しかり、林芙美子、岡本かの子しかり。室生犀星、山本周五郎、女優では岸田今日子。梶井基次郎は「檸檬」のイメージとはあまりにかけ離れていた。宇野千代に片思いをして尾崎士郎とケンカした話は有名だが、梶井はその時、自分の顔を忘れていた。恋の苦しさから逃がれようと、千代の前で川に飛び込んで、結核を悪化させた。

また「千年の甲羅を経た大きな金魚のような目をした古代の魔術師」と、亀井勝一郎がその容貌を語った岡本かの子は、女力士のように太り、離れた目玉が憑かれたように虚空を見つめていた。「太って、短かい寸づまりの手の甲に黒いソバカスの斑点がいっぱい散り、その指でもどかしげに煙草の灰を散らし」（檀一雄）た林芙美子の編集者いびりは凄絶で、原稿の催促に行くと、「『新潮』からもやいのやいの言われてね。そっちを書いてからではどうかしら」などと締切り間際に言った。それじゃ約束が違うと言うと、「ほら、怒った、怒った」と眼を細めて薄笑いした。猫が鼠をなぶるようないびりとの闘いに、編集者は心臓発作をおこすほどだったという。

一方、朝日新聞に小説を書くことになって、ファンレターが山のように届くと、「『朝日』に書くというのはそんなに大変なことなのかね。どう致しまして、とぼくはいいたい。朝日であろうと夕日であろうと、ぼくはぼくのものでやるだけのことだ」と言った山本周五郎の人間嫌いとヘソ曲がりは、顔の悪さが原因ではないかなどと書く人もいた。あの知的な顔をした夏目漱石だって、終生顔のあばたを気にしていた。鼻の上のでこぼこは、三歳の時の種痘が原因で天然痘にかかったことによる。千円札の顔はすでに大幅に修正されたものだった。

こんなふうに他人のことはいくらでも書く私も、実はいつもどこかで自分の顔と戦っていた。私の父も母もまれに見る不細工だったから、そこから生まれた私も、そこそここんなものだろうが、どんな遺伝子の組みちがえがあったのか、二歳違いの妹は、大げさに言うなら〝目元千両口元万両〟で、まわりの者に寄ってたかってかわいがられた。二人でいると、いつも私の影はうすく、親戚中に無視されて〝援軍来たらず、孤立無援〟の心境だった。妹のしぐさの一つ一つが、私には余裕に見え、美人なのにそれに感謝せず、あたりまえのような態度をとることに腹が立った。くやしくて、目には涙さえ浮かんだ。それは、東海林さだおのエッセイではないが、プロ野球選手がホームランを打って、「(ヤレヤレ、えらいことしてしまった)とりあえずホームでも一周してくっか」という顔をして、大儀そうに走るのに似ていた。

そこで私もこの詩の作者のように「フン、人間は顔ではない、ココロだ」と思うことにした。〝財布の底と心の底は人に見せるな〟という言葉があるが、もはや切り札は〝ココロ〟しかない。ホッケやニシンやハタハタみたいに「めんこくネーけど、うめンだヨ、タイなんかといっしょにすンなヨ」の顔つきだ。けれども、頼みの綱のココロも〝褌には短し手拭いには長し〟だった。あっというまにその心境は瓦解した。そうなると人はありそうもないことを想像する。心を流れ星のように遠く飛ばして遊んだりする。

並木道を歩きながら
私の脳はふと少年の頃のことでいっぱいで

手足もつられて　その頃のつもりになっている
むこうから老女がくる
どこかおしゃれをしていて　どこかうきうきしていて
彼女の脳もいま少女の頃のことでいっぱいなのではないだろうか

すれちがいざま　ふたりになにか
くるしいようなことがおこるのではないだろうか

（花田英三「並木道で」、「詩学」一九九八年十一月号）

大通りから裏通りへつんのめっていきそうな詩だ。〝靴は少し大きい方がいいし、夢は計算しないほうがいい〟と思うけれど、一日の間口いっぱいにオメデタイ旗を立てて、まじめくさった顔をして生きている人間は、ほほえましい。「世の中なんてこんなもんよ」という冷ややかさがない。「書くということは野原をあたかも断崖であるかのように歩くこと」（開高健）だけれども、「断崖をあたかも野原のように歩く」ことであってもいい。

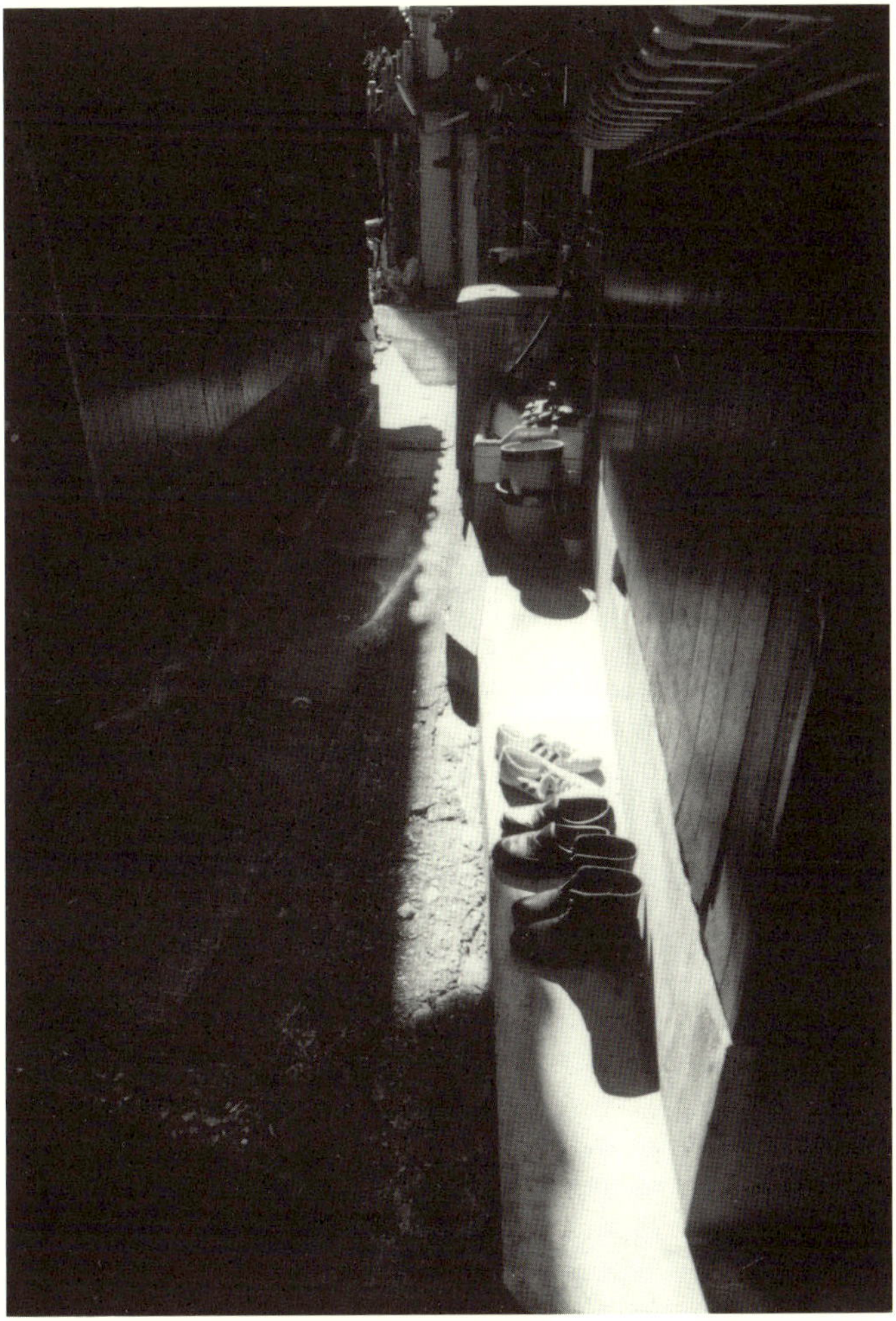

釣りそこねた魚だったり
こぼれたバケツの水だったり

覚えているような
いないような
旧友と称する友から電話
明日　おまえの住んでいる町に
所用で行く
久しぶりに朝まで語り明かしたい
かまわんでいいが
新鮮な刺身ぐらいは喰わせろ
一方的に切れた
名前も顔も思い出せない
彼の言う通りなら
四十四年ぶりに会うことになる

その日の夕方に玄関に立ったのは
覚えているような
いないような禿頭の男だった
若い女を連れていた
別れがつい昨日だったかのように愛想よく
やあ　と片手をあげて挨拶した
おまえが捨てた故郷では
豪邸に住んでいるという評判だぞ
それがこんな粗末なプレハブにねえ
太宰治の「親友交歓」を思い出し
悪い予感がする
しかし　旧友は済まなそうに
実は……急に用事が出来てなあ
ゆっくりもしておれんのよ
おれはコーヒーでもご馳走になったら
すぐにおいとませにゃいかん
悪いな　そのかわり

ナナコにうまいもんでも喰わせてやってくれ
明日の朝　迎えにくるから頼むよ
ちょっとこみいった事情があってなあ
ナナコの素性は聞くなよ
禿頭は狐眼を尖らして帰った

ナナコという女は
何を話しかけても
笑っているばかり
三日三晩贅沢して
こつぜんと消えた
覚えているような
いないような旧友
からはいつになっ
ても音沙汰がない

（北川透「旧友とナナコ」、「水馬」五十号）

素性がわからぬままに突然あらわれた男と女に、思うようにふりまわされて呆然とするこの詩を読んで、思わず声をあげて笑い、それからしんみりした。背中にクリカラモンモンの刺青があるようで、

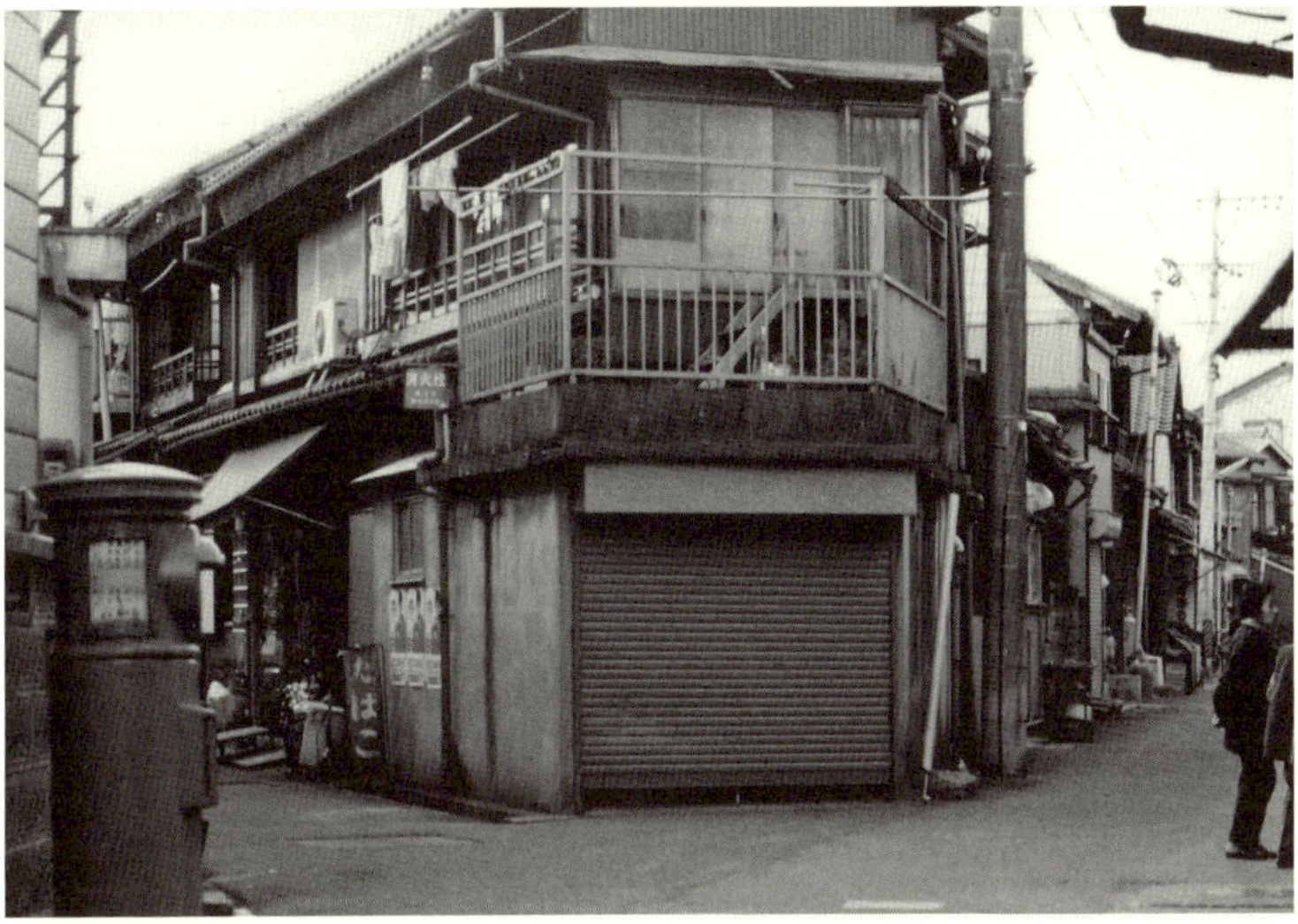

いわくありげのこの男は、だが、いっこうにこわくない。だまされたはずなのに、なぜかなつかしい人間に思えるのは、ここのところ、どこを向いても世間は、胸の悪くなるような話ばかりだからだろう。

あの三日間は何だったのか。男とその連れの女がいなくなったあと、反故紙の裏のような時間の中に立ち尽くす姿が見える。いなくなった二人の言葉が、座ぶとんから小さな竜巻となって上っているのが見え、そばで、眼鏡をかけたりはずしたりしながら、作者が首をかしげている。

詐欺ではないけれど、いわゆる世間の目をかすめる行為は、挙げたらきりがない。思いつくまま挙げると、①地下鉄の列に酔ったふりをして、あるいは知人を見つけ、話しかけるついでに割り込む人。②特急電車の洗面所に備え付けられた紙おしぼりを、五つも六つもポケットに入れる人。③職場の「喫煙コーナー」を「談話室」に変更し、職員との対話と称して一日中そこでタバコを吸ってさぼる所長。④

隣町のゴミ集積場に車で出かけて行って、素知らぬふりをして大量のゴミを捨てる人。⑤朝、一時間遅刻してきたのに、翌日に二日分出勤簿にハンコを押す人等々だが、中味が何だかちまちましてきた。

子のいない伯母が死ぬ
病室に
六十代の甥や姪
それに
葬儀屋の男がいた

——略——

人垣と言っても
歳のいった五人足らずである
その後ろに立って
彼も
死んでいく者をのぞいていた
伯母は既に意識などなかったはずである

それでも　目を開いて
名残惜しげに
見ていた
私たち人垣の一人ひとりを

それから
彼を

あれ、というように
誰かと人違いしたかのように

（米川征「葬儀屋の男」、「タルタ」一号）

死んでいく伯母は、たまたま居合わせた葬儀屋の男を、一体誰と人違いしたのだろう。最後によく見ておこうと見開いた目が、一瞬、揺れる。もうすぐ消えてしまういのちを、こんなふうにさりげなく紙に写し取ることができるのだ。この詩の淡々とした寂しさに、「この世に対して欲望が多ければ死はこわいものだが、欲望が少なければ、死は旅の一齣であり、むしろ感動を含む」（松尾静明）という言葉を思い出した。アレ？　と人違いしたまま逝く伯母の目には、さびしくて、けれども小さく光る切符のような希望が貼りついている気がする。

最近の小説は死をどんなふうに描写しているのだろう。駅前の本屋で立ち読みをすると、「日ごとに加奈子は言葉少なくなり、衰弱していった。体は、一日一日蒼く澄み、目の下のくまも、いつのまにか消えていった」「りんごすってあげようか？　と声をかけると、由紀夫は大儀そうに首を動かすだけで、口をきかない。夏のパジャマから骨ばかりになった腕を出して、土色に変わってしまった顔をただ天井に向けている」「化膿した体の匂いを嗅ぎつけて、ハエが集まってきた。つきっきりで母にたかるハエを追いながらレイ子は……」と、やはり重くて濃い。ここのところだけは寝ころがって読むわけにはいかないよ、とばかりに。

この詩を読んで、ほおずきのようにあかく灯った死の光景を、一枚分けてもらった気がした。楽しかった時間や悔しかった時間を、雑誌のふろくのようにさりげなく半生にはさんで人は逝く。記憶のあいまいさが死をやわらかくする。

時に何か
とんでもない忘れ物をしてきてしまった
という不安に駆られることはないか
今朝は出掛けにストーブの火をきちんと消したか
妻に見られたらただではすまないメールは消去したか
と言った類いのことではなくて
もっと大切でそしててとても悲しい
例えば小学校の集合写真の中に

一人だけ名前を思い出せない顔を見つけたりした時の
あの心の深いところが酸っぱくなるような
そんな忘れ物のことだ

（坂井一則「忘れ物」部分、「鵠」三十三号）

引っ越しのトラックを見ると、一緒に乗って行きたくなる。冷蔵庫や洗濯機やタンスにかぶせた古毛布を、春風にひらひらさせながら野を越え、山を越え、橋を渡ってたどり着いた先に、この詩の〝心の深いところが酸っぱくなる〟ような忘れ物が、待っている気がしてならない。

人は一体どんな場所に引っ越したいか。「夢の引っ越し先」というコンテストで入賞したのは①七福神の住み家②奈良東大寺の正倉院③フィンランドのラップランド地方（サンタクロースの故郷）④『ガリバー旅行記』の島⑤住宅展示場のモデルハウス⑥好きな人のポケットの中等々だったが、一等賞は〝虹のふもと〟だった。

では、明日の太陽と水のことが第一の関心事で、世界のことを何も知らずに生きているラオスの山岳民族や、アマゾンのインディオ、チベットの四千メートル地帯に住む高山遊牧民、パラグアイの川の流域に住む部族にとって、「心の深いところが酸っぱくなる」ような遺失物とは何か。それはもしかしたら、今朝釣りそこねた魚だったり、バケツからこぼれた水だったりするのかもしれない。

抜けていけるさみしいところ

―だれのおかあさん
アジアを思わせる深い目をして
おとこの子が見上げている
三輪車のハンドルにバケツをのせて
あそびの輪からぬけてきたらしい

きみの友だちのおかあさんじゃないよ
そういうつもりで
―だれのおかあさんでもないのよ
わたしへの視線はぱちんと合った最初より
ぎゅっときつく結びつく

おとこの子は少し考えるようすで
川底にオイカワの青い背がひそむ一瞬
疑わしげなスプーンで
わたしのうすっぺらな脳ミソを
くるりんとすくった

―もう　うんと大きいお兄ちゃんのおかあさんなの
言い直すと
ひとつうなずき
足ではずみをつけてもどって行った

陽を浴びて
たくさんのさかなを泳がせている
こどもたちの場へ

（田中裕子「きらり」、「タルタ」十三号）

向かいあっている年月が、わずかにずれている。そのことが理由もなくさびしい時があるが、行と行との間にその小さなさびしさを隠して、作者は、本当に書きたいところで沈黙している。「アジアを思わせる深い目」透明な詩行だ。蜜蜂のように飛び回る子供がふと立ち止まるその先には、まだ見ぬ空があり、夢は、いつも道をまちがえたあたりに広がっている。もう大人になった自分の子も、こんなふうに、目を青ませてまっすぐに前を見つめ、遠くへと駆け抜けていったのだろうか。何年も前に手を離れたゴム風船が、今も空のどこかを漂っているような、そんなせつなさをさりげなく書いて、心に残る作品だ。

日々の暮らしの中にふいに姿をあらわすさびしさと、人はどんなふうに向きあい、やり過ごすのだろう。たとえば犬好きな人。彼らには人間嫌いが多いという。人は人を裏切るけれど、犬は裏切らないというのだ。夕暮れ時によく犬を散歩させるおとうさんと出会う。もも色の空の下を、犬に引っぱられる格好でトボトボ歩き、電柱にオシッコをして、いつまでも匂いを嗅いでいる犬に向かって、「オイ、いくぞ」とやさしく声をかける。「な、そう思うだろ? お前も」などと、意味不明な言葉をかけ、わかってもらえたうれしさに一人うなずいたりする。

昔、作家五味康祐が飼っていた犬が発情期に入り、近所のメス犬に子供ができたことがあった。さっそくその家からクレームがついたのだが、その夜、酔って帰ってきた五味は、「おまえがそんなことだと、飼い主である俺がだらしない男と誤解される。心してくれなくては困るじゃないか」と、延々三時間説教した。この時、五味は、間違いなく飼い犬を人間扱いしていた。『柳生武芸帳』等、背すじの伸びる小説を書き、酔って、玄関のたたきだと思って、車道にきちんと草履をそろえて歩道で寝た折目正しい五味は、まるで、不祥事をおこした部下に対するように、飼い犬に向かってこんこんと生きる道を説いたのだった。

犬と人間のつきあいは七千年前にさかのぼるというが、ではなぜこれほど長くつきあえたのか。それはひとえに犬が忠実だからだろう。一生懸命面倒を見たはずの部下に裏切られた、ということが犬には九十九％ないのだ。まあ例外もなくはない。先日、スピード違反でパトカーに追われ、猛スピードで田舎のでこぼこ道を軽トラックで逃げ回った男が、突然助手席に乗せていた土佐犬に、腕や背中を嚙まれて御用になった。あまりのひどい運転に、犬も、怒り心頭に発したのだろう。そんな奇特な犬がいないこともないが、おおかたの犬は、何があっても御主人様の味方ですとばかりにシッポを振り続けるから、「そうか、そうか、よし、よし」何がそうなのかはわからないけれど、頭をなでることになる。仕事で追われるおとうさんも誰もかれも、日々のすきまでそんな少しさびしい場所をあたためている。

手は
いろいろなものに変わるから好き
彼女は
そう言って
両手を合わせ
それを　軽くふくらませて
風船に見えない？
と　笑った

川原には
ごく　まれに
文字が浮き出ている
石が
あるのだけれど　わたし
じつは　ひとつ持っているんだ
でね
その石に浮かんでいる　字
何だと思う？
がらんとした病院の待合室で
彼女は
いやにうれしそうな声で　笑った

水色の方眼模様の
二十センチ定規が
ずっと　見つからなくて　困っているの
ベッドに広げた

白い紙のうえに
それより白い両腕をおいて
彼女は
ため息をついた
三十センチでは　長すぎて
病気の腕が疲れるのだそうだ
色も
水色が
眼に重たくなくて
いいのだそうだ

ぼくの
おさななじみ
写真館の一人娘
文旦の皮の砂糖漬けが好き
しゃべると
いつも　舌っ足らずだった彼女は
多摩霊園に

眠っている

（野田新五「文旦」、「地平線」四十八号）

別れのための時間や言葉だったことに、あとになって気づくことがある。生前、何げなく相手が口にしたことが、一つ一つ肩をよじのぼってくるのだ。川原の石ころを見ては、定規を見ては病室のおさなじみを思い出し、文旦を見ては、彼女の舌っ足らずな甘い声を思い出す作者。暗号のような出だしのこの詩を一気に読み、最終連で息が詰まった。思い出は、年月と年月の間を、血液のように循環し続けるのだろう。

八年前、職場の飲み友だちが三十八歳の若さで死んだ。親しかった人を失って、今さらながら思った。人間は、世界の中の芥子粒のような存在にすぎず、夕焼けた雲のように、自分もまた確実に消滅することを。かなしいかなそれまでは、ものを感じたり、考えたりして生きていかねばならないのだが、この詩の、日と日の間を抜けて石になった人が、鮮やかに心に残る。

死ぬことは生きることと同じくらい力が必要だが、すでに会えなくなった人と、どうしても会いたいと思う時がある。時間から逃れるように足早に歩いて、郊外の墓地に立つと、死者はかなしいほどにぎやかだ。何万年かしたら、互いに鉱物になって地中の深い場所で会えるけれど、その人を思い出すだけで体の中に雪が降り出すということがあるのだ。

洗いざらしの木綿糸で編んだ夏帽子。小さなかなしみは、そういうもので癒されるが、巨大な本にはさまったような悲劇をいくつも抱き、そのまん中で文学を貫いて生き抜いた作家がいる。

『戦いすんで日が暮れて』で直木賞を受賞し、『血脈』で菊池寛賞を受賞した佐藤愛子の文字と文字の間には、常に不良夫と不良親族が棲んでいた。父佐藤紅緑は、戦前戦後を通じて少年小説で一世を風靡したが、その子供たちは、よくこうもそろえたとばかりの不良だった。長男の詩人サトウ・ハチローの型破りな不良行為が続く中、四男久が、十九歳で女と心中した。虚言癖の強い次男節《たかし》は、金と女で次々と事件を起こしたあげく、愛人といた広島で爆死したが、「どうせ狂言だろう」と紅緑は届いた電報を信用しなかった。一方、愛子の最初の夫は、軍隊にいる間に麻薬中毒になって廃人同様になり、二番目の夫は、事業に失敗して、今でいうと一億以上の借金を抱えた。夫の肩がわりになり、赤ん坊を背中にくくりつけて、夜も昼もがむしゃらに原稿を書いて借金を返済し続けた佐藤の半生は、まさに、親族の不祥事との戦いだった。それでも「逃げて自由を失うより、火の中に飛び込んででも自由でいたい」として佐藤は、熱くて騒々しい場所で手足をほどいたのだった。

やたらに広い書店を
小さな女の子が駆け回っている
だんだん激しくべそをかきながら
その後をちょっと追ってしまう
教えてやると　若い店員も
背伸びして見渡して　書物の陰へ潜っていく

みんな急に　あいだばかり捜しているんだ
活字と活字のあいだの
抜けていける　さみしいところ

（麦朝夫「あいだ」、『どないもこないも』）

最後の三行が、光る塩のように静まりかえっている。子供は未知へ未知へと迷い込んでいくが、大人は、時々日と日の間の抜け道を歩く。「人生は落丁の多い書物に似ている」と芥川龍之介が書いたように、落丁したページを、時のはざまに隠し持っている。抜け道を歩きながら私は、傷が匂う日々をそしらぬふりをして落とす。いつも行く本屋の店員は、書架の前で立ち止まったあと、通路を曲がってふいに姿をくらましたが、仕事に疲れたサラリーマンだってそれぞれ抜け道を持っている。海岸に打ち寄せる波のように、同じ時刻に同じ道を通って会社へ行き、同じ仕事をして帰るうち、どんな水脈を生きているのかわからなくなって、帰りにパチンコをする。居酒屋ののれんをくぐる。

職場の飲み友だちは、金曜日の夕方近くになるとみなソワソワしだす。窓に立って、ネオンが点き始めた街を眺める者。用もないのに立ち歩きをする者。時間ばかりを気にする者。そうこうするうち、「六時。鳥Q集合」のメールが放たれる。

乾ききった喉に、ゴクゴクとほろ苦いホップを流し込んだあと、ドンとジョッキをテーブルに置いて、「うめぇー」みな地鳴りのような声をあげる。フーッと大きな息を吐いてあらためて店内を見回すと、客は、カウンターに一人、座敷にサラリーマン風の中年グループ二組。その向こうに若い男性が一人。中年組は会社の話で盛り上がっている。突然ワーッと笑ったかと思うと、急に顔を寄せてヒソヒソしだし、「そう、そこなんだよ。そういうことはままあるんだよなー」というふうに話は続いていく。

酒の話は、おおかた仕事への不満であり、締めは上司の悪口だが、詩人の酒はどうだったか。戦前は、酒が入ると必ずけんかを始めたらしい。萩原葉子によると、父朔太郎はけんかが出来なかった。少しのことでもびくびくするから、用心棒に骨太で力があり声も大きい三好達治を連れていった。朔太郎の死後、三好は葉子に会うと、酔って朔太郎の話をした。朔太郎というさびしい場所を懐かしがって涙を流し、駄々っ子のように手の甲で涙を拭いた。

公園で子供に声をかけられた人も、多摩霊園で眠っている人を思い出す人も、書店を走り回る子も、時のはざまの少しさびしい場所に立っている。ゆうべは、遠い誰かの叫び声で目が覚めた。一日の終わりの路地を抜けてくるようなその声の主は、私だったのかもしれない。

それはとても単純なことなのかもしれない

酸素吸入器をつけながら
これを書いている
と言って
石井三展さんは綿々と綴った葉書をくれた
三日にあげず何回も

高村智先生の場合は
もっと壮絶だった
便箋に三、四枚
びっしりと書かれてあるのだが
ほとんど何も
読めなかった

微小の蟻が
一列に並んで這っているようで
その文字は確かに
ゆっくりと蠢いていた
生きて揺れていた
そして絶対に
読めなかった

長年の間
高村智先生からは
明晰な手紙を何十通ももらったのだが
だんだんそれは
微小の蟻になって揺れ始めた
最晩年になると
それはもう読めなくなった
幅一ミリぐらいの
切れ切れの長い線を引いたのと同じになった

長い線が何十本も縦に引かれてあって
見ていると
それが絶えず蠢いていた

（平田好輝「書信」部分、「現代詩手帖」二〇〇五年三月号）

古い建物は、雨をはじかずに吸収する。しみ込んだ水がシミとなって風格が増すように、年を取ると人は死とおりあいをつけ、体裁なんかかなぐり捨てた姿を、まさにシミのように人の心に残していく。若い頃は、おそらく鉄を鋳るように文字を叩いただろう人が、年老いて、ベッドに横たわったまま ぷるぷると震える手で、ミミズが這いまわったような、誰にも読めない文字を紙にしずめている。生を、消えかけたろうそくのように揺らめかせた人が、壊れかけた小さなオモチャとなって、作者の中で分解せずに残っている。

中原中也は臨終の時、右手で字を書くそぶりをした。生涯言葉を尾行し続けた中也が、最後につづろうとしたのは、幼くして死んだ長男の名前だったのか、それとも、誰も追い越せなかったのに数え切れぬ人に追い越された、そのくやしい思いだったのか。

女にもてたことで世間にねたまれ「女との生計のために絵を描いた」などと言われて、画家、文学者、批評家から甘いセンチメンタリストとして無視された竹久夢二は、晩年肺病で入院した病室で、カステラの箱裏にクレヨンで絵を描いた。うっすらと残ったもも色や黄緑の線は、見舞客のいない病室で、形をなさずにふるえていた。また、「死ぬ前の芥川龍之介の手は、まるで鶏の手のようだったが、死ぬ寸前の横光利一の手もまた鶏のようで、そのいたましい手は、芥川の書いただけのものは俺も書いた、と最後の鬨《とき》を叫ぶ鶏の表情だった」（菊岡久利）という文章を読めば、蠢くミミズの線だろうが鶏の手だろうが、書くことがそのまま生きることだった彼らに、時を引きはがして会いに行きたくなる。

病院の面会が許可されるまでの僅かな時間
近くの本屋に入った
書棚から文庫本の陶淵明全集を引き抜く
無作為に開いたページに「擬挽歌詩」とある
淵明が自身の死を想像してうたったものらしい
「有生必有死」という明快な書き出しだ
棺桶に横たわっている自らのなきがらを浮かび上がらせ
父をさがして泣き叫ぶ幼い子供
遺骸を撫でて号泣する友人を描いている
ここで詩は抽象思考へと転調する
曰く　死者には利害得失もなければ是非の判断もつかない
これは老荘の思想だ
栄誉も恥辱も何もない　ただ
酒を十分飲めなかったのが心残りだ　と

一篇は結ばれている

読み終えて笑いが込み上げた
人間の無邪気さが僕は好きだ
しかし本当に死に触れていたら
彼はどのように書いただろう

大腸のポリープを手術して
検査の結果が出るまでの二週間
眠れぬ夜が続いたと人づてに聞いた

枯葉が痛いほど顔に当たる歩道を伝い
地に堅い実をこぼす樹のような
詩人を見舞に行く

（豊田俊博「晩秋の風」、「詩学」二〇〇一年五月号）

自らの死に直面し、ま正面から向きあう人には、言葉が追いつかない。かなしみを必死にこらえようとした時の、一瞬の表情や言葉は、どんな美しい詩の一行より重く深く胸に響く。陶淵明は「擬挽歌詩」とはっきり書いたのだから、けっして死をおちょくったわけではないだろうが、虚飾をもっとも嫌った荷風が読んだら何と言ったか。

この世には、なんとなく生まれてなんとなく生き、なんとなく息を吸っている人間がわんさかいる。そんな人間が、いっぺん死んでみるか、みたいな詩を書くのはもってのほかだ。

「私はおせじが嫌いだ」と言う人にかぎって、そのあとに「おせじは嫌いだからおせじ抜きで言いますとね、部長は本当に大人物です」などと言い、「会社なんかいつ辞めたっていい」と公言する者にかぎって、ダラダラと定年まで居すわる。その気もない者が、ワイワイ言って楽しんでいるふしがあるのだ。

「ねがはくは　花の下にて春死なむ　そのきさらぎの望月のころ」などと歌った西行は、プロレスラーのような大男で、皇后に色気を出したり荒法師文覚を投げ飛ばしたりして、かなりのワルだった。また、釈迦は「はげ坊主よ、にせの道の人よ、そこにおれ」とバラモンにののしられたりした。ええカッコしいの言葉や文学は、あっというまに見抜かれるのだ。


「読み終えて笑いが込み上げた／人間の無邪気さが僕は好きだ」


たくさんの象牙を洗いぬいて五十歳で自ら命を絶った作者豊田俊博の痛烈な二行が胸をつらぬく。豊田にとって、陶淵明の詩は、その程度のポンチ詩だったのかもしれない。

人間のバカさかげんにホッとしながら、豊田は、心を澄ませて病室で死の穴を数える詩人を見舞いに行く。見上げた空には、新月が、誰かの忘れもののように引っかかっていただろう。

人生の途上、
小暗き森のなかに入る
たかだか、ダンテの「神曲」地獄篇を倣ねて
そこに入るのに、
なんで洗面器を持っていかなくちゃならないのか

ことし二度目の入院をするという青年と
おとなしく、長椅子に並んで、
音を絞ったテレビをみている
テレビのなかでしきりに花が散っている
花の名まえは知らない
だからどうだというわけではないが、
生きているふりをしなければ
(そのことをきみはとっくに知っている)
生きているふりをしなければ
生きられない。

（昭和十二年四月二十日夕刻
鎌倉の妙法寺の境内、
小林秀雄と中原中也の二人、
海棠の花がしきりに散っている
小林秀雄がいう
「あれは散るのぢやない、散らしてゐるのだ」）

あのとき、なんで
中也は、もういいなんて言ったのか
「もうい丶よ、帰ろうよ」だなんて
（あれはおそらく中也の嘆息だった）
レトリックはもういい、
せめて生きているふりをしなければ
薄い胸のうちの
小暗い森のなにもないという空虚にむけて

雲が、あんなにも性急に移動していくだろ？
きみもそこに行かなくちゃなんない

洗面器をもって
生きているふりをするために、ね
（山本哲也「生きているふりをしなければ」、「SEED」八号）

止まることなく流れていく川が、人の群のように見える時があるが、この詩から、河口にたどり着いた人間の静かな声が聞こえてくる。海に流れ込んで、もうすぐ消えていくいのちが見えてくる。「生きているふりをしなければ／生きられない」の二行が、黄砂のように体に降ってくるのだ。

青年の背中が、月のように、誰にも止めようもなく欠けていくのを見つめながら、山本は、小林秀雄と中也のことを思いおこしている。しきりに花を散らす海棠の古木を、石の上に座って眺めながら、「あれは散るのぢやない、散らしてゐるのだ」と言った小林のことを。散るのではなく、生きているあかしとして散らしているのだという小林に向かって、病んだ胸を花びらであらうように黙っていた中也が、「もうい丶よ、帰らうよ」と言ったことを。

その時のことを小林秀雄は次のように書いている。

「花びらの運動は果てしなく、見入つてゐると切りがなく、私は、急に厭な気持ちになつて来た。我慢が出来なくなつて来た。その時、黙つて見てゐた中原が、突然「もうい丶よ、帰らうよ」と言つた」

小林は、中也らしくないその言葉を聞いてハッとし、思わず立ち上がったという。

どうにもならない深い悲しみを抱えて今日まできた中也が、生きていく気力を失った瞬間だった。会うたびに傷ついて毒を飲んだようにぐったりした二人は、それでもなお生きているふりをしたのだ

が、半年後の中也の死によってその闘いはようやく終わったのだった。

自殺未遂をくり返した果てに、やっと自殺した芥川龍之介の死顔を見つめながら妻文子は、「おとうさん、よかったですね」と言った。その言葉は、誰の追悼よりも重かった。心がはだかだった文子は、その時、芥川の真実の声を聞いたにちがいない。

心をどこまでも澄ましてこの地球のふかい息づかいを聞きわける。それは、とても単純なことなのかもしれない。ミミズのように一本の線となって蠢く文学を読み取ることも。

こんなはずじゃなかった

暑い夜なか男が窓から濡れた首を出すと
斜め向かいの部屋だけ電気が点いていてあけ放しで
若い女が素裸で向こうむきに立っている

今パンティを取ったところだ
それなのに男は思わず首を引っこめてしまったのだ
いまいましくも暗いところで一人でどきどきして

こんどはそっと覗こうとしてためらっているうちに
窓が閉まる音がする
もう二度とこんなことはないだろう　そう思う

じつは四十年前にも一度あった　そのときはよく見たが
男は七歳だった　七歳の子供が見たってなんにもならない
それからすれば四十年後にはまたこんなことがある計算だが

これはもっとなんにもならない
機会はあっけなく見逃され　もう永遠にないのだ
ハレー彗星は遠ざかる　遠ざかる

男はそれから毎晩窓から首を出す
ヤクザは自分の住処では悪いことはしないと刑事が言っていたが
ここが自分の終の住処だと思えば何の悪いこともできないものか

夜なか男が窓から首を出すと頑張れよと声がする
斜め向かいだけ電気が点いていてあけ放しで
酔っぱらった裸の男が向こう鉢巻で一人で手を叩いて

頑張れよ頑張れよと毎晩言う

（甲田四郎「星」、『煙が目にしみる』）

頑張れよって言われたって頑張りようのないこの詩を読んで、腹をかかえて笑った。「うかうか三十、きょろきょろ四十」などという諺もあるが、どれだけきょろきょろしたって、この時代、五十近いパッとしない男が、タダで若い女の裸を見る機会など皆無に近い。その皆無が向こうからやってきた。気の弱い男の前に流れ星のごとくあらわれたチャンスは、だが流れ星のごとく消え去った。「褌と当て事は向こうからはずれる」という諺もあるように、当て事みたいな男の運は、みごとに向こうからはずれていった。

思わくがはずれた話はきりもなくある。文士劇で仁木弾正を演じた作家今日出海は、クライマックスで、口にくわえた巻き物をネズミ役の川口松太郎に向かって投げつけたところ、上下の入れ歯が巻き物に食い込んだまま飛んでいった。稽古に稽古を重ねた結果がこのありさまだが、他人の不幸はどうしてこうおもしろいのか。それは自分も同じめにあったことがあるからだ。〝こんなはずじゃなかった〟と落ち込む人間が他にもいたという安心感が、人を生かす。

私の叔父は、身内の葬式に新潟産の金箔入り純米吟醸酒を持ち込んで孤立した。故人が好きだったからというやさしい心根からだったが、しんみりした席できらきら光る酒をうまそうに飲んだものだから、「なんだ、おまえ、死んだ者を祝っているのか」と怒鳴られたのだ。また、友人は、見合いの席で相手が、「物を大切にする人が好き」と言うのを聞いて、皿についたケーキの生クリームを前のめりになってスプーンですくい、大アサリのカラにくっついた貝柱に前歯でかじりつき、意地になってこそげ落として破談になった。

景気のよしあしが機嫌のよしあし
雨降る夜酔っ払った小男が店先で旦那ようと言う、機嫌よく
池袋はどう行ったらいいいんだい

ちょっと待って下さい、いまお客さんですから
ここを行けばいいんかい
そうですよ、まっすぐ行ってガードを右に折れれば駅ですから

池袋の駅かい
そこから電車に乗って池袋へ行くんですよ
地下鉄かい

地下鉄じゃありませんよ、普通の電車ですよ
地下鉄の池袋だよう、どう行けばいいいんだよ
ちょっと待って下さい、こちらのお客さんが先ですから

――略――

なんだよう、怖い顔をするなよう、道を聞いただけじゃないかよう
お客さんが気味悪がって行っちゃったじゃないかっ
気味悪いだとォ、客に向かって気味悪いとは何だ、この

うるせえ、道聞くだけで客面するな、せっかく来たお客さんを追っ払ってしまいやがって、道なんか教えてやらねえからさっさと行っちまえ
この糞やろう、場末のそのまた場末の、薄汚い店のくせに東京面しやがって、道を聞くだけだって客なんだぞ、そんな商売の仕方も知らないから客に逃げられるんだ、ざまあみろ
このろくでなしめ、どこの馬の骨だか知らないが、おおかたボートですって電車賃まで飲んじゃったんだろう、自分の頭の蠅を追いやがれ、池袋まで雨にびしょびしょ濡れて歩け、ざまあみろ

馬の骨とは何だ、おれは五所川原だぞ、五所川原といえば日本中知らない者はないぞ、こんなとこ
東京を離れたら誰も知らねえや、だいいちおれの家なんかな、五所川原じゃ小さいほうだがこんなぼろ家よりうんとでかいや、店だって五所川原の店はもっとでかくて立派だい、判ったか貧乏人
貧乏人はお前だろうが、ああそうかお前五所川原か、出稼ぎとりんごしかできねえ田舎じゃないか、田舎っぺえ、お前なんか田舎へ帰れ、食えない田舎ででっかい家に住んで腹減らしていろ
お前なんかな、帰る田舎もないんだろう、この店今にも潰れそうじゃねえか、潰れたら行き所があ

るか、さっさと潰れて首くくれ、ざまあみろ
お前なんか帰る銭もないんだろう、文無しは文無しらしくそこらの公園で野垂死にしろ、ざまあみろ
何をこの、小男は道路を見回すが石ひとつ落ちていない、金ならあるぞ見ろこの口に手を突っ込んだかと思うと総入れ歯を摑んで振り上げた、五〇万だぞかっ食らわしてやるか
武器がない時は石、石がなければ歯、歯がなければ入れ歯だって武器になる、手に摑めるぶん歯よりも強いのだ
亭主のほうは飛び出して行って眼鏡をはずした、はずしてみたが眼鏡は全然武器にならない、仕方がないからわうと吠えたら
小男は飛びのいて、なおも二、三歩退いて
ばかやろう、かなしく吠えた
吠えたはずみに入れ歯が落ちて、道路端の水たまりに飛びこんで
ああ？　小男は拾い上げたが、水たまりの水でゆすぐとかぱっと口にはめてしまって
ばかやろう、もう一度吠えた

（甲田四郎「入れ歯と眼鏡」部分、『九十九菓子店の夫婦』）

気のすむまでやってくれと言いたくなる詩だ。商売繁盛ではない和菓子屋と、お里が知れる下品な酔っぱらいが、道を教えろ、教えないで延々とつばぜりあいを展開し、金の話まで落ちて「この野郎、ぶっ殺してやる」寸前までいく。たまたま道を聞きに入った店（甲田の店だろうか？）に、たまたま桜餅（くずまんじゅうかもしれない）を買いにきた客がいた、それだけのことなのに、男が入れ歯をはずしてふり上げるから、店の主人は、はずすものがなくて眼鏡をはずした。二人とも、何でこうなったのか理由《わけ》がわからぬだろう。

「人は暮らしの中身がまずしいと、投げやりになり、いっちょやれ！　とおおきいことをやりたくなる。そうやって、戦争になだれ込んでしまった」と書いたのは「暮しの手帖」の花森安治だが、〝どこの馬の骨〟と〝場末のそのまた場末〟の二人が、入れ歯と眼鏡でケンカしたって、戦争にはならない。これでよかったのだ、オレにはこの生き方しかなかったのだ、と自分自身に言いきかせつつ残りの半生を生きる中年は、こうやって、時々「バカヤロー」とでも叫ばなければ、やってられないのだろう。

同じ「バカヤロー」でも、大の大人が小さな子供と対等に向きあって、胸の中で叫ぶのはせつない。

アイスクリームを孫は口にはこんでから
バナナをフォークで口にいれてから
おぢいちゃんは

ぼくより早く
死んでいくのやなあという。
そのかわりに
ぼくが
大人になっていくのやね。
ぼく死ぬなんて恐くないとつけくわえる。

このことを
私は
なんかいも
なんかいも自分に質問し、考え
ひっそりと笑って
頭のなかの
片隅にしまいこんでいた。
やっぱり私が先だなと
小さな声で私はいっている。
弟の孫は
ぼく恐いと

ひとことといって
アイスクリームを口にいれている。

パイナップルを口にいれる。
パイナップルについてきた水滴が
テーブルに落ちてキラリと光る。

なぜこんな話しを
私のたのしいときにするのだ。
なんでもないように話しをするのだ。
たたいてやろうかと
ひそかに思ったりする。

さあ
店から出ようか。

（佐々木実「子供の店」、「詩学」一九九五年三月号）

子供は怖い。覗かれたくない心を言葉で平気でこじあけてくる。悪気がないからなおさらだ。孫にうまいものをごちそうしようと、年金（パチンコで勝った金かもしれない）をポケットに、いそいそと連れてきた店で、老人は毒をのんだように冷えている。

「我々は一体何の為に幼い子供を愛するのか？　その理由の一半は少なくとも幼い子供にだけは欺かれる心配のない為である」と言ったのは芥川龍之介だが、子供とすれ違うとき、キッと睨んだり、唇をかんだりする人などいないから、その通りだと思う。世間がてんこ盛りの大人の言葉には、金銭のように必ず裏表があるが、メンコみたいな子供の言葉は、ひっくり返しても裏絵がない。けれどもない分だけ表絵がまっすぐ胸に突きささって、返す言葉を失うから、思わずひっぱたきたくなるのだろう。

〝こんなはずじゃなかった〟を地でいくような生き方をして、一日の終わりに、ぶ然と空を見上げる人、飼い犬に話しかける人、酔ったふりをしてふて寝する人を見ると、のぞき見のオッさんではないが「頑張れよ！」と声をかけたくなる。頑張れよと言いながら本当は、腑甲斐ない生き方をした自分を励ましている。

一万年がつつ抜けて

ぼくは、マジックインキをにぎりしめ
便所のベニヤ板の壁に
１９６０年　１２月１日　曇り
と、黒く太く書いた

母はぼくを叱ったが、消すことはできず
それからは毎日一度は、金隠しにしゃがみこみ
目の高さに、その文字を見ていた。

大人の目には、いたずら書きだったから
理由は訊かれなかった。

過ぎてゆく多くの一日が、少しずつ
水のようにつめたく透明にからだを満たして
いつかは必ず死ぬのだ。という思いに
その夜、ぼくは布団をかぶって泣いた。
はじめての哀しみだった。

つぎの朝、目が覚めても、ぼくは小学生だった。
自分の生んだ子が、死にはじめたことを
母は気づいていなかった。
食膳に出された、野菜を食べようとしない
瘦せた小さなぼくを、優しく叱った。

（豊田俊博「十一歳」、「詩学」二〇〇一年五月号）

台所で、イカのわたを抜いたら、スポンと音がした。腹の中をのぞくと、からっぽで、みごとなほどなんにもない。アアいいなと思う。人の心だって、生まれたてのころはこんなふうに、あっけらかんとしていた。すずしい風がスースー吹いていた。けれどもそれも小学生まで。昨日まで「ただいま」と大声をあげて、敷居をまたいで帰ってきたはずの息子が、だが、今日は、黙ってカバンを置き、一人路地で壁にボールをあてて遊んでいる。からっぽだった心に初めて何かが入り込んだ日だが、詩人豊田俊博にとってそれは、便所にマジックでいたずら書きをした日だった。人はいつかかならず死ぬ、という漠然とした悲しみは、ゆっくりと時をかけて哀しみにかわっていく。

はれわたった秋の野に出て、しばらくさかだちをしていた。
両手に地球を支えることができるのに、悲しみだけが支えきれぬかと。

（山田孝「空」、『かっぱの皿』）

豊田の詩を読むうち、ふいにこの詩行を思い出して、思わず空を見上げた。透明な悲しみが身にしみる。生に打ちあげられる前の頃のことがよみがえる。

それは
「あしたのくわがた」と題された詩だった
くわがたの好きな男の子が
くわがたと
くわがたの明日を見つめた昆虫日記
すばらしい詩だった
どんな詩だろうとおもう人もいるだろう
しかしそれは紛失して
わたしの手元には、もう、ない

その詩を書いた少年は
あれから少し年をとり
高校受験をむかえた
彼のお父さんの手紙によれば
受験はうまくいかなかったけれど
国語の試験にでた詩に
ひどく感動して帰ってきたらしい
——略——
すばらしい詩はたしかにある
そしてそれらは
いつも届かない、見えない場所にある
ちょうど
草が押しつぶされて
そこに
親鳥があたためた卵があったはずだ、
とわかるように

（小池昌代「あしたのくわがた」部分、「音響家族」九号）

受験に失敗した少年は、それからどう生きてどんな大人になったのだろう。もしかしたら試験に出た一篇の詩に支えられて生きているのかもしれない。忘れえぬそんな支えを小池は「それらは／いつも届かない、見えない場所にある」と書いた。少しずつ大人になって、体はずっと遠くへ行っても、雑事にまぎれた一日の裏側にはいつも見えない詩がはりついている。試験に出た詩に感動して帰ってきた少年に向けた詩行は胸を打つ。

少年は少年でも、小学校のころからズル休みして、親の財布から金をくすねた色川武大は、「笑《わらい》の王国」常盤座《ときわざ》や、シミキン（清水金一）一座の金竜館、荷風も通ったオペラ館等々をめぐり歩いて遊びほうけた。浅草六区を鞄をかかえながらふらついて、レビュー館の楽屋にもぐり込み、踊り子の乳房のわきにノミの食い跡を見つけて「女っていうものも大したもんじゃないなあ」とつぶやいたというからおそろしい。

そういう私も大学受験に失敗して、予備校通いをした十八、九のころから、すでにはすかいに社会を眺めていた。予備校の教室の一番うしろ（そこは二浪、三浪のたまり場で、誰一人ノートをとる者などいなかった）に席を陣取り、最前列で必死にノートをとる学生の背中を、小馬鹿にした目で見ていた。それゆえ、当然のごとく希望校に入れなかったが、この浪人中ぐらい、空や雲を熱心にながめ、鳥の行方について考えたことはなかった。クワガタが這い、蟬が鳴き、シオカラトンボが飛びかう夏をポケットに入れ、講義に退屈するとそこへ帰っていった。

いつも何かで騒々しい世の中を何十年も生き、背中で山のような年月を失ってはじめて人は、遠い土地に置いてきた木や風の音に気づくのだ。

話はそれるが、深沢七郎は、竹の物干し竿を見ると、タケノコを思い出して、かじりついた。タケ

ノコ好きが高じた結果だが、嵐山光三郎はそんなことでは納まらず、物干し竿を十センチ巾に切って茹でることを思いついた。コトコトと二か月も煮込めば、やわらかくなる。それを鰹ぶしで味つけしたら酒のツマミになると思ったのだ。尺八は一体何日ぐらいでやわらかくなるか、竹ボウキは、熊手は、垣根は、ザル、すだれ、越前竹人形はどうか。味つけは和風にするか、中華風にするか、いためるか姿煮がいいか、ワカメとあわせるか酢をまぜるかと、とどまることを知らないのは、春になると、竹が、一斉に頭から芽を出すからにちがいない。

十九の春に家から遠く離れて知らない土地に下宿し、ひびの入った茶わんみたいに親から解放された私は、仇討ちのごとく親を忘れた。けれども時にふるい餅みたいに固くなった故郷に帰ると、好きだった干しガキやシソの実の醤油漬けが待っていた。炊きたての御飯にそれをまぶして、何杯もおかわりしたけれど、家の中は、いつも古い宇宙のようにシンとして寂しかったから、腹がいっぱいになると下宿に帰った。それから何十年も生き、歩くはずだった道を踏み迷って遠くへと来た。「私の生涯は極めて簡単なものであった。その前半は黒板を前にして坐した、その後半は黒板を後にして立った。黒板に向かって一回転をなしたといえば、それで私の伝記は尽きる」などと西田幾太郎はカッコいいことを書いたけれど、庶民はこうはいかない。嘘と薄情がしたたかにもつれた世の中で、三回転、四回転した先の夕暮れに立っていると、体が冷えてくる。エビフライも鮭のムニエルもいらないから、あのシソの実で、もう一度あたたかい御飯を食べたいと思う。

ぼくのはたらくほんやのちかく
ぱんやのかどのひだまりに
とけこみそうな
きえいりそうな
このうえもないえみをうかべて
あなたはぼくをまっていました
あかちゃんがね
できたらしいの
あなたがぼくにそうつげてから

もう十余年たちました
あかちゃんははや十余歳
となりのふとんでねむっています
あなたはすこしこじわをふやし
ぼくもしらがをふやしましたが
ほんやのちかくのぱんやのかどに
もうひだまりはありません
あかちゃんがね
できたらしいの
あのささやきをみみにしてから
あのささやきをくちにしてから
はや十余年たちました
ひとがうまれるまえのことです

（池井昌樹「ひだまり」、『月下の一群』）

もぎたてのリンゴを手にすると、その清楚、可憐さに心洗われる。何十年も昔の青春時代を思い出し、「わたしは汚れてしまった」と叫びたくなる。真っ赤なリンゴは、地上げ屋やその筋の人たちには食べてほしくないけれど、リンゴの賞味期間が短いように人の生も短くてはかない。初々しい日々は学芸会の劇に似て、あっというまに幕が引かれておしまいとなる。「ぱんやのかどのひだまりに／

とけこみそうな／きえいりそうな／このうえもないえみ」をうかべて、あかちゃんができたことを告げた初々しい妻も、少し年を取りしわもふえた。ぱんやのかどにひだまりはもうない。けれども、体のくぼみというくぼみに、あのきえいりそうな、やわらかな声が残っていて、思い出すたびに一万年がつつ抜ける。

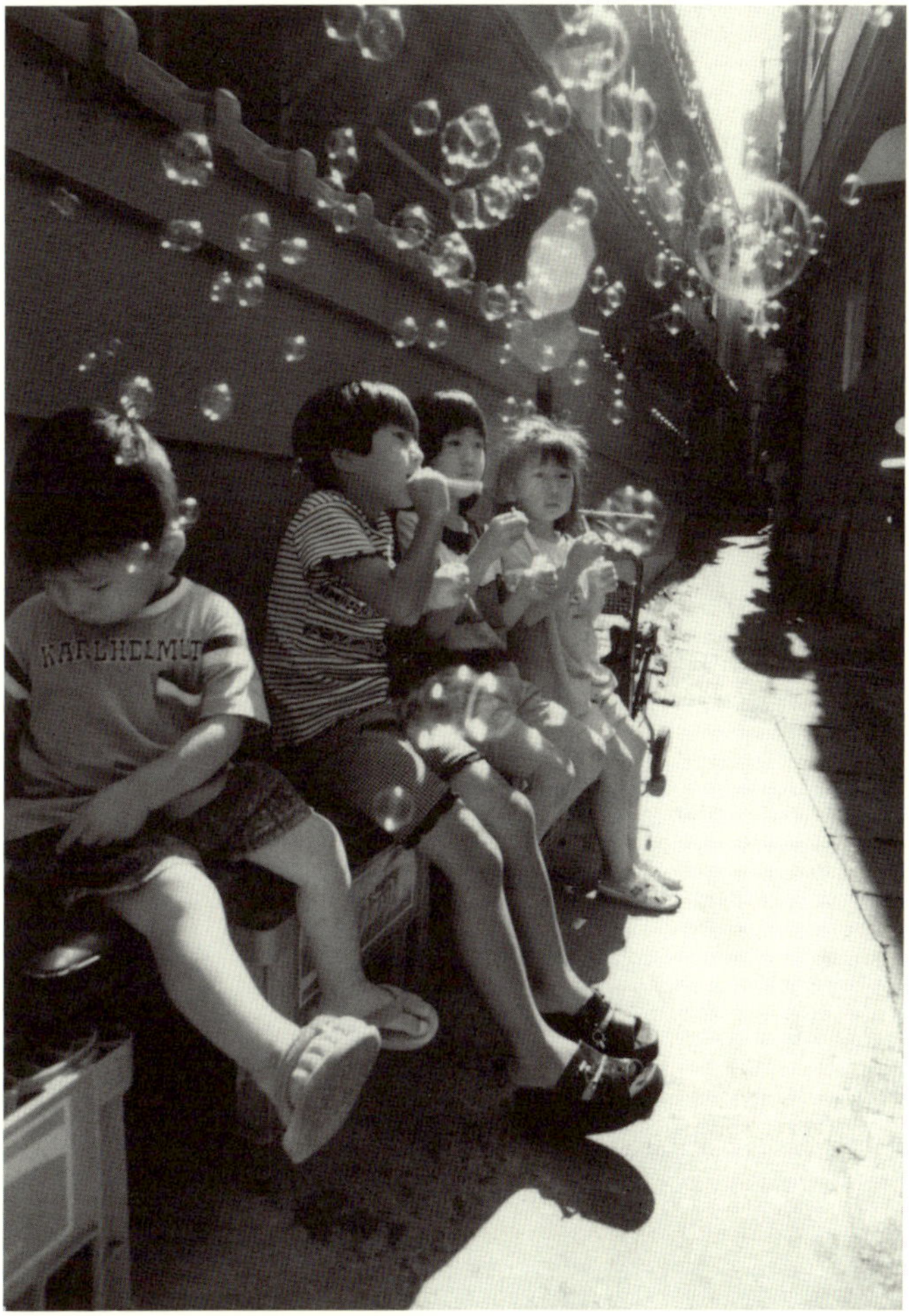
KARLHELMUT

なにがなんでもという時間は、

「未来にあったらいいと思うもの、作りたいと思うものを書きなさい」四十数年前の高校入試の問題に、静岡県のある女性は、「試験問題を読み取って回答する、腕時計サイズのカンニングマシーン」と書いた。その答案で当時彼女は何点をとったのだろう。それから半世紀が過ぎて、平成二十三年二月の入学試験で、予備校生の携帯電話によるカンニング事件が発覚したが、「あの時の答が現実になった！」声を上げる彼女が見えるようだ。

試験あるところにカンニングありで、古くは中国の、千四百年前からあった国家試験「科挙」の、びっしりと答が書き込まれた絹の下着が残っているが、試験官の厳しい眼を、いったいどうやってかいくぐったのか。

「カンニングしたことある？」朝日新聞が、読者一万七千人にアンケートを取ったところ、三十四%の人が「ある」と答えた。「隣の人の答を見る」「答を消しゴムや机に書く」「前の席の椅子の背に数式を書く」「持ち込み可能な辞書にびっしり書き込む」等々おもしろくもなんともない回答が多い中、

「三枚おろしの消しゴム」「二枚おろしの鉛筆」など、科挙もまっ青の手口もあった。

こう書く私も、数学の問題を前にすると、いつもかんてんの中を泳いでいるような気持ちになった。高校時代、試験のたびに複雑な数式をどこか、ひと目でわかる場所に書いておきたいと思ったものだ。ある時、左手の五本の指の側面にびっしり数式を書き込むことを思いついた。答につまずいたら、さりげなく指を開くというすばらしい方法だったが、一晩かかって書くうちに暗記してしまったから、役に立たなかった。

ときどき、かんちがいして、自分は芸術がきらいなのかと思う。そうじゃなくて、文学でも、美術でも、しつこく、精緻にやっているのが、きらいなのだ。どうしていやなのか。いままでわからなかったことが、ひとつわかった。たいていの精緻さは、他者とともにこの世界にいるということのことを忘れる方向に、入り込んでゆく。だから退屈なのだ。他者とともにいる。他者のなかにいる。ここではケンジとかケイコとか呼ばれ、また、かれらを名前で呼ぶことから、それがはじまる。「名前がわかっても」何がわかるというわけではない。そうだとしても、だ。ぼくは、作者の名前を記憶しながら、作品を楽しむ。そして、ニール・ハウェルズの絵が好きだとか、ロイド・ロブスンの詩はいいとか言うのである。「毎日起きるたびに、ウェールズ人であることを神様に感謝する」とうたうカタトニアというバンドも好きなのだが、そこの女性ヴォーカリストの名前の正確な発音を、ロイドの奥さんのサリーに尋ねた。ケリス・マシューズ、だった。

（福間健二「名前と事実　ケリス1」、『青い家』）

まじめに勉強をすれば、少しはましな点数が取れたものを、なぜあんなに試験を怖れたのか。この詩を読んで、ハタと思い至った。私は試験よりも、人が遠いのが怖かったのだと。教室でいつも級友と騒いでいた私は、人が詰め込まれた試験場のまん中で、ひたすら机だけと向き合わねばならない、人を忘れねばならない時間を怖れた。

「ぼくは、作者の名前を記憶しながら、作品を楽しむ」という詩行から、湯たんぽのようなあたたかさが伝わってくる。飲み会の鍋のような湯気が立ちのぼってくる。作者の名前は作品の一部ではないが、たとえば、「いくたびも雪の深さを尋ねけり」という句が、病の中でどこまでも文学を追い、三十四歳で壮絶な死を遂げた正岡子規の句だと知ることによって、あるいは、

ほがらかとは、恐らくは、／悲しい時には悲しいだけ／悲しんでいられることでせう？／されば今晩かなしげに、かうして沈んでいる僕が、／輝き出でる時もある。

（「酒場にて」部分）

の作者が、太宰治が裸足で逃げ出すほど執ようにからみ、からみながら眼だけで泣いていた中原中也

だと知ることによって、あらためて体温がうまれるということだろう。
「他者とともにこの世界にいる」という詩行から、ふと、古今亭志ん生の言葉を思い出した。「あたしはね、高座に上るまで、なんにも考えないね。すわってまくら言ってるうちに客の様子さぐるんです。今夜の客は酢のものが好きかビフテキがいいか、こっちで考えてね。昔からあたしはその手だったが——テレビやラジオのお客さんには歯が立ちませんや。先さまのお顔が見えないもんだからね」

高橋和巳の小説を読んでいて
あるページまできたとき
ふいに脇道にそれてしまった

そのページの右上から左下にむかって
一すじのかすかな道がつづいていたのだ
句点「。」や読点「、」がつくりだす小さな余白の
つらなりが
とぎれそうになったり
折れ曲がったりして

それはまるで

物語の森を通過するひそやかなけものみちだった
あるいは
文字の砂漠を行きなずみくねっていった
毒へびのあとだった

高橋和巳の小説を読んでいて
ふいに高橋和巳からはぐれてしまった
言葉の茂みを通過する一すじの細い道
そして思い出したのだ
そこをくぐりぬける虹色の羽をもつ鳥を
尾が長いため決して後もどりすることのできない鳥のことを

（林嗣夫「余白の道」部分、『あなたの前に』）

本を読んでいると、もう道に迷うより仕方がないという時がある。この詩のように、文中の句点や読点がつくる余白へふらふら迷い込み、途切れそうな道からふり返って物語を眺めたりすることがある。作者からはぐれた道は、「文字の砂漠を行きなずみくねっていった／毒へびのあと」だったり、物語をひたすら通過するための〝ひそやかなけものみち〟だったりする。道をくぐり抜けようとする、虹色の羽を持つ後もどりできない長い尾の鳥は、高橋和巳のようだな、などと思ううち、作者の読んだ小説が何だったのか知りたくなった。『捨子物語』なのか、『悲の器』か、それとも『憂鬱なる党派』なのか。実は私は、彼のどの作品も最後まで読めないでいる。途中から息が詰まって苦しくなり、またあとでと、しおりをはさんでそのままになっているのだ。

『捨子物語』は高橋和巳の実話だ。難産の末に布袋のような頭で生まれた高橋は、ほんとうは女に生まれるべきだったという祈禱師の言葉によって、一度は近所の家の前に捨てられた。儀式だったとはいえ、その、血縁を切断されたような体験は、高橋の孤独感を深めて、妄想や自閉症があらわれた。〝愛〟のある人間関係を書こうとして、けれどもどの作品の主人公も破滅していく。

高校時代、隣の席の男子は、いつも、試験終了のベルが鳴る十分前には答案を提出して、さっさと教室を出ていった。その自信にあふれた背中を、私は妬ましい目で見ていたが、作家も、競争社会の受験生なのだ。『太陽の季節』を引っ下げて、颯爽とあらわれた石原慎太郎に芥川賞をもっていかれ、轟音をたてて単車で文壇を駆け抜けていく背中を、呆然と見送った高橋は、いつも人が懐かしくて、さびしかった。大酒を飲み、大声で笑ったかと思うと突然怒り出し、何の脈絡もなしに泣き出したりした。涙を滂沱と流し、時にはエンエンと幼児のように声を上げた。酔って合唱していた軍歌の文句が悲しいと言っては泣き、履いていた下駄の鼻緒が切れたと言っては泣いた。

「鳥は宙づりにされる／激しく羽ばたく／そうして／虹色の羽を閉じる」詩の最後、余白の道に仕掛けたわなに首を引っかけた鳥は、高橋和巳の、後もどりできないかなしみのようで忘れがたい。

予備校に向かった足は
いつしかジャズ喫茶に向かっていた
大音量の闇に身を沈めていると
初めて居場所を見つけた気がした
数式に拒絶反応を起こした脳も
ジャズには無抵抗だった
日本史ではなく
ジャズの歴史を受験していたら
きっと合格していたと思うのだけど
たまに予備校へ顔を出すと
知らない顔ばかり
食堂のテーブルで詩のようなものを書き殴っては
せっせと投稿した
一度も掲載されなかったけれども
リーゼント・スタイルと
ボタンダウン・シャツと
靴ずれと
足に合う靴がなかったのだ

ある日
高校時代の遊び仲間とテツマンをして帰った朝の玄関で
ばったり出会った父の顔は
苦瓜をかじったみたいだった
いったい　おまえはどうしたいのだと
わたしにはなにも答えられなかった
五十年たったいまでも

（中上哲夫「ジャズの歴史――陽の当たる坂道の家（1）」、「space」一〇一号）

「おおかみに螢が一つ付いていた」（金子兜太）という句があるが、若い頃、未来は、まさに絶滅寸前の獣みたいに孤独で、希望は、螢のようにはかなかった。「高校時代の遊び仲間とテツマンをして帰った朝の玄関で／ばったり出会った父の顔は／苦瓜をかじったみたいだった／いったい　おまえはどうしたいのだと／わたしにはなにも答えられなかった」身に沁みる詩行だ。受験に失敗して二浪したころのことがよみがえる。予備校も二年目になると、その道のベテランになった気持ちになる。会社でいうなら、係長か主任になった気分。授業によく遅刻した。席は、教師を見下ろす階段教室の最後列。まわりは、もう何浪なのかわからない男たちばかりで、中には髭ぼうぼうにつっかけを履いている者もいた。彼らのほとんどは眠っていた。そこは彼らにとって寝る場所だった。「抽象となるまでパセリ刻みけり」（田中亜美）という句があるが、数学も化学も、私にとってまさに刻まれた抽象だった。

ジャズ喫茶はなかったけれど予備校の帰りによく喫茶店でコーヒーを飲んだ。ボーリングをした。映画を見た。駅前のうどん屋の鍋焼きがあまりうまいので、夕方からの三時間、夕食に鍋焼きをつけることを条件に、アルバイトに雇ってもらった。バイトを始めて一か月たったある日、運んでいた鍋が鍋敷からすべり落ちて、オジさんの禿げた頭にかぶさった。悲鳴とともに店長が走ってきた。赤くなった頭じゅうにオロナインを塗った。救急車が来た。

三月、「ヨコハマコウ　ナミタカシ」の電報が届いて、この年も落第した。田辺茂一の「泳ぐから溺れる」ではないが、「受験するから落ちる」のだと確信した。高橋和巳のように酔って泣くことはないが、買い物に行くたびにノート、消しゴム、シャープペンシルの芯を買うのは、あのころのことが体にすり込まれているのかもしれない。「日本史ではなく／ジャズの歴史を受験していたら／きっと合格していた」のところで、思わず拍手した。もし、「二十分でうまい鍋焼きを作れ」という実技が受験項目にあったなら、私はまちがいなく合格していた。

それにしても、数学の、あの髪の毛が抜け落ちそうな難解さはどうだろう。Σのしつこさ、精緻さ、孤独感は、人間関係のワイワイガヤガヤを失う。

ワイワイガヤガヤといえば鍋。飲み屋の鍋は座が盛り上がる。先日も、松阪駅裏に七人が集まった。立ちのぼる湯気。くつくつ煮える音。東海林さだお風に書くなら、「シイタケよく煮てね」「あいよ」「牡蠣もういいよ」「しらたきＯＫ」「春菊まだ早いよ」「ビール追加」「ガスちょっと強くない？」となる。あわただしくあふあふ食べ、和気あいあい。締めは卵と海苔で雑炊。では、鍋でなく、「伊勢海老姿造り」あるいは、まぐろ、あわびの「刺身舟盛り盛り合わせ」なんかが、デンとテーブルにあらわれたらどうだろう。それまでワイワイガヤガヤだった座が、一瞬静まりかえる。みんなかたずをのんで黙る。視線は伊勢海老、まぐろ、あわびに集中し、他人の動きをうかがって試験官みたいに監視体制に入る。湯気もワイワイガヤガヤもない舟盛りは、そういえば受験会場に似ている。

今日という一日は明日が来ると本当に終わりになるのか。居残りになって何かを復習させられるのではないか。受験の時代を思い出しながら、ぼんやりと庭に立っていたら、隣の植木職人が、二階より高くなったナラやカエデの木を指さして、「一階あたりの高さでバッサリ切らなあかんよ」正しい眼で教えてくれた。息が苦しくなって空を仰ぐ。雲がゆっくりと流れ、何がなんでもという時間は見つからなかった。

ナゼイヤカ　気ガ進マナイカラ
ナゼ気ガ進マナイカ　イヤダカラ

冬の雨饅頭熱き離別かな
(子供が饅頭食ってやがって
いや熱いものだからふうふう吹いてやがって
父親の方は見ないんだよ
そうだ饅頭を見てろよ
にんげんなんか親だって見るこたあねえや
もうすこしのしんぼうだから
饅頭を見てろよって
おれあとおりすがりの唐変木だが
子供にいったよ
無言の気合だったが
そいつあ饅頭からおれに

眼をあげたぜ）

（辻征夫「饅頭」、『俳諧辻詩集』）

大阪のＪＲ環状線に乗っていた三歳くらいの男の子は、若い母親のとなりにちょこんとすわって、饅頭ではなく、一心にメロンパンを食べていた。目を寄り目にして、顔より大きいパンにかじりつくたびに、プーンとメロンの匂いがただよう。まだ床にとどかぬ足をブラブラさせながら、パンだけを見ているその子を見て、この詩を思い出した。そうだ、疲れた顔をして釣り革にしがみつく大人が、右によろけようが前へつんのめろうが知ったこっちゃないから、そうやってメロンパンを見てなよ、と言ってやりたい。心配しなくたってそのうち世間のふちにつかまって、歩かねばならなくなる。手をかざして世界の風向きを知らねばならなくなる。イヤでもそんな日がくるから、それまでは頭の中をメロンの匂いでいっぱいにしてなよって。

人間は大人になっても原っぱで遊んでいたい。世間を忘れていたい。会社の行き帰りに、町を流れるドブ川（幅三メートル）に沿っていつも歩いた。子供のころ、タモを持ってドジョウやフナを追った日々を思い出して。すると川の反対側を年のころは五十くらいのオジさんがやってくる。いつもぺちゃんこの通勤カバンをぶらぶらさせながらやってきて、ふいに立ち止まって流れに身を乗り出す。落っこちそうになりながらのぞくから、私ものぞく。するとどうだろう、深さ三十センチほどの藻が生えたあたりに、大きな魚（コイ？）の背中が見える。体長五十センチはあるだろう。時折怒ったようにバシャッと浅い水をたたく。町のまん中のドブ川でこんな大きな魚が生きていた、と感動しつつ、ふとイイ年をして、朝からドブをのぞくオジさんが心配になる。

子供のころ、学校の帰りはいつもどこかに寄り道して、まっすぐ家に帰ったためしがなかった。夏なら田んぼの脇を流れる小川にドボンと靴ごと（裸足だとヒルが吸いつく）入って、流れの両側を棒きれでたたきながら進む。先で子分が網がわりにスカートをめいっぱい広げて待っている。スカートにはドジョウやメダカが入り、運がいいとナマズも入っている。習慣とはこわいものだ。服もカバンも、どろどろになって遊んだ日々が、頭の端にDNAとなって貼りついているから、街を歩いていても、いつのまにか水が匂う方へと曲がっている。

あのオジさんも、そんな記憶を抱えていたのかもしれない。会社では、〝○○企画部調整係主任〟などという、いてもいなくてもいい肩書きで一日を送っているのではないか、などと余計なセンサクをしてしまうが、本能のおもむくところに帰れる人は、時に周囲を圧倒する。

むかし、志賀直哉の家で開かれた昼食会で、招かれた作家らが緊張のあまりカチカチになって、「すこぶるよいお味で……」などと、おし殺した声を出す中、近藤啓太郎は突然「これはウメぇなぁ、先生、お代わりくれよォ」と大声を出した。〝泣く子と近藤には勝てぬ〟と言われたのだが、近藤はその時、世間を忘れていた。ただひたすら自分の歯で、料理を嚙んでいただけのことだった。

そんなふうに、世間との間口をあっけらかんと広げている者もいれば、すき間もないほど閉じる者もいる。

セネガルの動物園に珍しい動物がきた

「人嫌い」と貼札が出た
背中を見せて
その動物は椅子にかけていた
じいっと青天井を見てばかりいた
一日中そうしていた
夜になって動物園の客が帰ると
「人嫌い」は内から鍵をはずし
ソッと家へ帰って行った
朝は客の来る前に来て
内から鍵をかけた
「人嫌い」は背中を見せて椅子にかけ
じいっと青天井を見てばかりいた
一日中そうしていた
昼食は奥さんがミルクとパンを差し入れた
雨の日はコーモリ傘をもってきた。

（天野忠「動物園の珍しい動物」、『動物園の珍しい動物』）

人の心の機微を見続けて、しばしば厭人症になった天野忠ならではの詩だ。人間の相手をするくらいなら、空でも見ているほうがマシという時があるが、このフッと笑いがこみあげるような、だが手に負えぬ頑固な生きものは、実は作者そのものかもしれない。こういう人物はどんな時代にもいて、時に、人の心を打つ。

漱石の門人にして随筆の名手だった内田百閒は、一日の仕事の順序を乱されるのが嫌で、暗くなったら誰も家へ来るなと、門前に「日没閉門」の陶板をぶら下げたが、それでは気がすまず、「世の中に人の来るこそうれしけれ　とはいふもののお前ではなし」という札を玄関に貼りつけて、念には念を入れた。いそいそとやってきた客が、呆然と立ち尽くす姿が見えるようだ。そのヘソの曲がり方はハンパでなく、歯が一本も無くなると、「歯が悪いからこそ食い意地を自制することができる」と言い放ち、新仮名づかいは決して認めず、全ての新聞が新仮名になってからは、原稿の依頼を一切断わった。新仮名づかいの良し悪しは別として、自分の信念を、こんなふうにハッキリと相手に伝えることのできる人間が、この国に、どのくらいいるだろう。晩年、芸術院会員に推薦された百閒は、辞退の理由に「芸術院ト云フ会ニ這入ルノガイヤナノデス　ナゼイヤカ　気ガ進マナイカラ　ナゼ気ガ進マナイカ　イヤダカラ」と書いた。小学生でももっとマシなことが書けるだろう。しかし、打てば響くようなこの物言いはどうだ。芸術院会員になれば名声もあがるだろうが、文学に直接関係のない名声のヒモでひとくくりにされることなど、百閒には考えられぬことだったのだろう。反俗的ポーズをとった俗物もいる中、人間という生きものの鉄面皮を引きはがして、生きたいように生きた百閒には脱帽だ。

要らないものは捨てないと自分が潰される

要らないものは捨てようと夫婦で相談したら
死んだ父親の垢のついた鳥打ち帽
それが亭主が気がつくと抽出の中にもどこにもない
幾日か探したあげくやっぱり捨てたらしいと女房が言った
鳥打ち帽に潰されるってか
家がひっくりかえりそうな喧嘩のあげく
おれの親のものはおれが捨てると亭主は言った
よすがに残す鳥打ち帽ひとつ　そう思っていたが
鳥打ち帽はもうないんだ
民家園にはサムライの家や名主の家が移築されているが
三反百姓の家はない
時代の庶民はこのようにして消えるんだ

では捨てよう
端切れ一つもしまっておいた親の時代
時代の庶民は貰い手もなく買い手もない
親の浴衣　角帯　着物　袴
唯一戦災をくぐり抜けた子供用のようなモーニング

みんなビニール袋に入れてゴミに出す
いつかの年　長寿の色だと両親に買って来た紫色のふとんは
かついで粗大ゴミに出す
見上げれば仰天の星
きょうだいたちが泊まるためにとっておいたふとんは
四組置いてあったがまだ泊まり客があるかも知れない
二組残そうか一組にしてしまおうか
一組半残してかついで粗大ゴミに出す
もう大家族は戻らない
核家族に変わるということは
ふとんをうんと捨てるということなんだ

（甲田四郎「いいじゃないか」部分、「詩学」一九九五年五月号）

虎は死んで皮を残すが、人（庶民）は死んだら、煮〆のように汗がしみ込んだふとんと色あせた帽子を残す。食べて飲んで、笑って泣いた日々のシミは、洗ってもおちない。死なれて途方に暮れる者のためにと、一組のふとんになり浴衣となって死者が生き残るから、捨てるに捨てられない。そうやって山と田んぼをいっしょくたにちぢめたようなこの国に、物はあふれていく。生きていくことは、この詩のように思い切って物を捨てることなのかもしれない。

私の母は長年アパートでひとり暮らしをしていたが、押し入れのふすまはいつも蛙の腹のようにふくらみ、何が引っかかっているのか、まともに開いたためしがなかった。どこへ出かけるにも脇に大きな風呂敷包みを抱き、ギュッとしばったその包みを難儀して開けると、中から、死んだ父が書き散らした俳句ノート、残高のない預金通帳、下着、タオル、それに爪切りがあらわれた。下着とタオルの間には、四等十万円の宝くじの当たり券が隠してあり、見れば、とうに引換期限が過ぎている。

冬の雨下駄箱にある父の下駄
（うん　死んだ父の
下駄なんだよ
履き方に癖があって
へんな風にへるものだから
借りて歩くと頭にひびいた
先日みつけて
履いてみたらやっぱりひびいた
おこられてるみたいで
まいったね）

（辻征夫「下駄」、『俳諧辻詩集』）

あったあったこんな下駄。学生のころ友人の家へ遊びに行って、外側だけへって傾いた下駄が玄関にあると、上がるのがイヤだった。へんくつな老人が部屋の向こうにいるようで。
人間嫌いで、頑として訪問客に会わなかった山本周五郎は、一流嫌いのお上嫌いで、文学賞と名のつくものはことごとく断わった。原稿は前払いか現金引き換えでないと書かず、気に入らぬ雑誌や本が送られてくると、「恵送お断わり」と書いて送り返した。献呈本の数を鼻にかける詩人には聞かせてやりたい話だが、そんな山本の履き物（いつも下駄ばきだった）は、怒られているみたいで、履いたら頭にひびくのではないか。長い舌などなくても、生き方は履き物一つでわかるということだ。この時代〝人間嫌い〟などと口にするだけで半生があやうくなるけれど、文学という畑を耕すために、山本は世間とのつきあいをはしょったといえる。

背負籠を肩に　老婆が道端に坐っている
肩から籠を外さないで休んでいる
なぜ　そうしているのだろう
籠は　老婆にとって生活なのだ
人は　どうしてもこんなふうに
我身から　外せないものがあるのだ

（斎藤正敏「生活」部分、『資料・現代の詩二〇〇一』）

年をとると、人はうしろ手に持った黒板消しで、血の気が引くような醜態を消して、人生の収支決算をするが、一方で、これでもかと自らをさらけ出す者もいる。晩年、斎藤茂吉は、背広に地下足袋

で銀座を歩いた。左手にいつもオシッコ用のバケツを離さなかったのは、誰が何と言おうと、したい時にオシッコすることが茂吉にとって大切なことだったのだ。

アフガニスタンの難民は、他人の食べ物をひったくる力がないと生き残れないが、この時代〝頑固〟も気力がないと生き残れない。今どきの駅弁は、御飯の上に透明なビニールがかぶせてあり、その上に蓋がある。それを、「蓋の裏に飯粒がついておらぬ。駅弁は経木《きょうぎ》の蓋裏についた飯粒がうまかったのだ」と、口から飯粒を飛ばして怒った嵐山光三郎は、オヤジだろうが何だろうが、力がある。

川がわるい！

わたしが教師になったばかりの年の夏
どうしてもその少年の家に行くことになり
家を探し探し出かけて行った

やっと家を見つけて
手を取らんばかりにして
少年の母親に
部屋まで引っぱり上げられ
すぐにビールを注いでもらった
ビールを注ぐとき
母親が
両手にビールを持って体を傾げると

ポロリンと
母親のおっぱいが見えた

どうしてそうなるのか
わたしが驚きつつ注意を払っていると
母親がビールを注いでくれる都度
ポロリンと
母親のおっぱいは
まる見えになるのだった

そうなるような妙な物を
母親は着ていて
さあどうぞさあどうぞもう少し
いかがですか
と言っては
体を前に傾けてビールを注いでくれた

そのおっぱいは

肉体派の娘の物にくらべれば
少しふやけているようでもあったが
それでもやはり
それ相応に白く豊かに輝いていて
わたしはその都度
目を逸らすことはできなかった
さあどうぞさあどうぞ
と言うのだから
素直に見てしまうしかなかった

わたしが教師になった年の夏
そのことが一番
感銘に残ったことだった

（平田好輝「わたしが教師になったばかりの」部分、「鰐組」一九八七年六月号）

あってはならないこういう詩を読むと、理屈抜きに楽しくなる。「ユーモアというものは、文学の中で、一番栄養価の高いものだ」と天野忠が書いたように、栄養ドリンクを一本飲んだ気持ちになる。赴任したばかりの初々しい教師と、生徒の母親。家庭訪問の教師に気を使って、胸が見えているのも知らずにビールをつぐ母親と、目を逸らすことができない教師の姿が、見ているように伝わってくる。人は外に出れば、常に他人と比較され、時に、自分から打って出なければならないこともある。笑いながら身構えたりして心休まる時がないから、ささやかではあるが、こんな幸福（？）はあっていい。

わるいことをしているわけではないのに、ふっとうつ向いてしまうことは世間に山ほどある。たとえばフィギュアスケートの浅田真央。あの目が回る、けれども美しいコスチュームで、優雅に舞う姿に私たちは釘付けになる。この教師のように思考が停止状態になる。しかし、どうだろう。ここぞという三回転の後に大きく足を開く、あの瞬間を見ていいのだろうかと、テレビの前でとまどう男性はいるのではないか。スポーツという毅然とした視点から逸脱して、見たいけれど見てはいけないような、嬉しいけれど嬉しがってはいけないような気持ちになる男性は、多いのではないか。

ながれていた
目印がとまった
あたりだ
すかさずあわせた
やったね
と　思った
思ったんだが
これはどうしたことだ

動かない

取り込もうとするのだが動かない
動かないということは大物の証か
ひょっとすると
尺物?
尺物となれば記録ものだ
魚拓にとらなくちゃ
などと思いながら
どれほどやりとりしただろうか
ぼくはくたびれて座り込んでしまった
ぼくは
途方にくれ
思案に暮れ
座り込んだまま竿を握りしめ
川面をみつめ
思案に思案をかさねた

あげくのはて
ぼくはぼくの方からざぶざぶ入っていって
うでまくりして
わしづかみにつかみあげた
つかみあげて
ぼくは
川原の方へ
思いっきり投げつけてやったね
よくあることなのだが
あるごとに
頭に
くるね

（川端進「よくあることなのだが」、『釣人知らず』）

「あってはならないこと」は時に、「よくある」こととなってあらわれる。細心の注意を払い、地道な努力を払い、耐えがたきを耐えたあげくに、全てが水泡に帰すということがあるのだ。怒りで体を震わせ、どうしてくれるとばかりに、つかみあげたものを遠くへと投げつける。長時間、竿をつかみ続けた疲労が、怒りに変わった瞬間だ。そんな時に近づいていって、「釣れますか？」などと声をかけようものなら、川に突き落とされるだけで済むかどうか。しかし他人のこんな不幸は実に楽しい。

釣りといえば、この春、近所の喫茶店のマスターが五ケ所湾（三重県南伊勢町）で、最近にない大物を釣り上げて、町じゅうの噂になった。五十八センチ、三・二キロのウッカリカサゴ。思わず笑ってしまう名前だが、カサゴより深いところにいる別種で、〝うっかり〟別種であることを見落としたためにこの名が付いたという、何とも気の毒な魚だ。しかし、釣り上げた魚を抱えて地方版に掲載されたマスターの、幸せそうだったこと！

料理に執心する作家檀一雄を、「檀君が料理をやらかすのは、あれで発狂を防いでいるようなもんだから……」と言ったのは坂口安吾だが、釣り好きの落ち込みを防ぐには、海か川に誘い出すしかない。女性が、おいしいケーキを食べてストレスを発散させるように、空たかく竿を振り上げ、遠く放つことがリハビリなのだ。この詩の作者の悔しい思いが、ちぎれ雲になって夕焼けた空を浮遊するのが、見えるようだ。

私の祖父は釣りに出かける時、黄色のゴム長を履き、ポケットがいっぱいついたまっ赤なベストを着て、首にタオルを巻いた。目付きが急に鋭くなるが、その割に釣れないのは、もしかしたらその格好が災いしているのではないか。魚はけっこう目がいいというから。あれこれ原因ばかりさぐっていると、いつまでたっても人間に戻れないが、それもこれも、一瞬にして解決する詩を見つけた。

ぜんぜん魚が釣れないのは――
餌がわるいのか
仕掛けがわるいのか
浮きがわるいのか
竿がわるいのか
棚取りがわるいのか
ポイントがわるいのか
日がわるいのか
方角がわるいのか
顔がわるいのか
連れがわるいのか
人柄がわるいのか
バイオリズムがわるいのか

時代がわるいのか
政治がわるいのか
国際環境がわるいのか
はたまた
上州屋がわるいのか
見物人（ギャラリー）がわるいのか
それとも……

――そのとき空から声がふってきて
川がわるい！

（中上哲夫「川がわるい！　釣りがあまりうまくないひとに」、「釣果」七号）

釣れないのは誰がわるいって釣り人にきまっているけれど、さりげなくなぐさめられた気持ちになる。大病院に行って、一日かかって頭のてっぺんからつま先まで、舐めるようにCTを撮っても、悲しみの場所などわからないが、考えられる全てを並べたこの詩を読んでわかった。釣れない原因などわからないのだと。

誰がわるいで思い出したが、今東光によると、川端康成は金の計算ができない人間だった。ノーベル文学賞に決まったという連絡があったその日に、七千万円の富岡鉄斎の屏風を買い、一千万円の埴輪の首を買い。その他いろいろ買って、一億円以上を使った。賞金は二千万だった。あきれるほど浪費をする原因は、出生直後に父親が死亡し、しばらくして母親が死亡し、八歳で祖母、姉が死亡、十五歳の時、世話をしてくれたたった一人の肉親である祖父を失ったことによる、と言う人もいた。つまり、「生いたちがわるい！」ということだが、そんな川端に賞金を分割で支払わなかったスウェーデン王立科学アカデミーがわるい、と言えなくもない。

雨を境にあわただしく幕をあけるように、今年もアユが解禁になった。何年か前、初めて釣りに出かけた時は、川が正座して魚を用意して待っていてくれるものだと思っていた。川の上にまっ青な空をつなぎ止めて頑張ったけれど、一匹も釣れなかった。

とことん魚と向き合った人の話を聞くと、ちょっと釣りでもしてみようかなどと思うことが、失礼に思えてくる。勤勉実直で真剣なのに釣れないのは、魚がわるいのでも釣り人がわるいのでもなく、やっぱり、「川がわるい！」ということなのだろう。

気がしれない

鍵を掛けたり　ストーブを消したり
したあとへ　指をさす
この癖は昔の同僚を真似ている
写真に凝っていたそのやせた同僚は
鞄を持ったら机の上を
靴をはいたら靴箱の奥を
小便のあとは便器の中まで
何故かきちんと指をさした
一緒に帰る時など手間がかかる
何をいちいち確かめていたのか
机の上や　靴箱の奥や　便器の中に
どんなうつろを見ていたのか

よく知らない
レンズに映る華やいだ景色の向こうも
シャッターを切ってから指さしたのかどうか

そんなことを思いながら　ヒョイと
わが顔の映る鏡に指をさす

（麦朝夫「指をさす」、『事』）

人間は奇態な生きものだ。変なところで変なことに囚われる。むかし会社の同僚に、異常に潔癖症の男性がいた。彼は他人が触れた物に一切触れられず、電話を切ったとたんにトイレに走って、石けんでゴシゴシと手を洗った。渡された書類は親指と人指し指でつまみ、顔じゅう汗びっしょりになって受け取った。

萩原朔太郎は門を出る時、いつも左の足からでないと踏み出せなかった。四つ角を曲がる時は、犬のようにぐるぐると三べん回った。まじりけのない気弱さとテレ臭さから、激しく人見知りをして他人の顔を正視できず、娘の葉子を見る時も怯えたような眼付きをした。また、泉鏡花は言霊《ことだま》を信じていて、原稿用紙に書き損じた文字は、ていねいにまっ黒に消した。言葉は霊力を持った生きものだとして、割箸の袋でも文字が書かれているとゴミ箱に捨てられなかった。佐藤春夫が自分の息子の名前を聞かれて、座布団に指で書いたところ、鏡花はあわててその文字を消す手つきをし、座布団を部屋のすみに投げ出して「もったいないにもほどがある」と言った。

内田百閒は故郷岡山から大手まんじゅうが届くと、フタを開けてまんじゅうに向かって、「気をつけーっ」と叫び、それから、「休め」と言ってから食べた。文学を除けば朔太郎も鏡花も百閒も、挙動不審と被害妄想の生涯だったが、この行為なしでは前へ進めなかった。この行為をしている間は世間を忘れているから、うしろめたい気持ちなどみじんもなかっただろうが、この詩の、靴をはいたら靴箱の奥を、小便をしたら便器をきちんと指をささねば気がすまない人に、言葉にあらわせぬ「うつろ」を見た。

オットーベングラー氏は海賊の子孫だ
（海賊は十九世紀に消滅したはずだが）

とにかくガラクタ集めが好きだ
ルターの豆本聖書
インディアンの消しゴム（カウチェク）
青銅器時代の安全ピン
刃が外側についたエジプト期のはさみ
ミイラのボロ布が混入したイスラームの紙
カサノバが愛用した羊の腸で造ったコンドーム
こうもりの糞に混じった蚊の目玉

・・・・・・
いろいろ集めたけれど
オットーベングラー氏がいまだ手に入れないものがある
　運命の女神が持つはさみ

言葉の錬金術士達は笑っている
　落ちこぼれと
はさみは使いようだと
オットーベングラー氏は知っているのか知らないのか
今日もひたすらガラクタ集めに奔走している
（僕は読書の中で空想している）

（平林幹男「愛蔵品」、「詩学」一九九二年六月号）

ガラクタ集めもここまできたら、エライ！　とほめてやりたい。人間という生きもののバカさ加減にホッとする。

日本は今でも肩書社会である。肩書がないと無に等しい人間であふれている。名刺に「元……」と過去の経歴をズラズラと二枚にわたって印刷する人も、趣味がガラクタとはけっして書かない。「人間が最も興味を持つ関心の対象は人間である。世間の話題が最後に落ち着くところは、人間をめぐっ

ての評判である。この広い世間は、年がら年じゅう明けても暮れても人の噂話で持ちきりだ」と谷沢永一が書いたように、たいていは、けなしてののしって憂さを晴らしておしまいになる。そんな世間にもまれて、海千山千になる者もいれば、こうもりの糞にまじった蚊の目玉なんかを集めて、一人悦に入っている者もいる。オットーベングラー氏のように、まだ誰も招いたことのない部屋で世間に背を向けて、人間でないものと向きあって。

人はどんなぐうたら者でも、何かささやかな夢と誇りにすがって生きている。はた目には、それがどれほどつまらぬ滑稽な夢であっても、それがあるからこそ明日を生きてゆける。

絵が売れ、名声が高まった岸田劉生は、三十を過ぎた頃から放蕩に放蕩をくり返した。その生きざまを「天才に非《あら》ずんば狂人でしたろう」（木村荘八）と言われた劉生は、満州で山を見て「糞のようだ」と言い、糞に異常な興味を示した。粘土で糞形を作

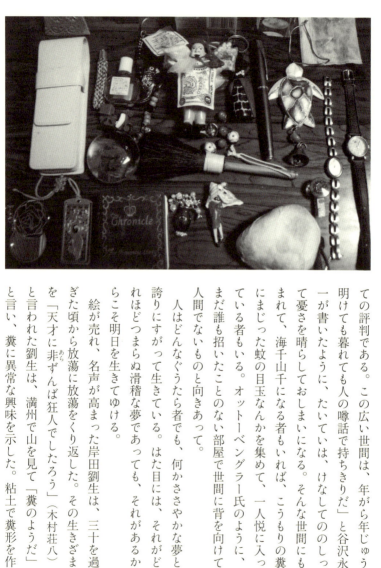

って色をぬり、客の下駄の上に乗せておもしろがった。愛娘「麗子像」を見て「糞に似ている」と書いたのは嵐山光三郎だが、なるほどその黄ばんだ平べったい顔からは、湯気が立っていそうだ。好みの女はブスばかりだった劉生の中に、絶望感を見た者もいたように、絵をよく見ると、言葉にならないかなしみが、黄砂のように降り積もっているのがわかる。

禁煙は手の問題だとそのひとは言う
手を意識したときにひとはもういちど水から陸に上がるのだとも
煙草のことを考えているひとはだから爬虫類の顔をしているとも
「手は部品じゃないのさ　猫をみればわかる」
「猫の手足の優雅さと紫煙のたゆたいは似ているよ」

そのひと　つまり煙草をやめていたそのひとは
雨の婚礼の日　そのひとの婚礼の日はいつも雨であったのだが
しばらくしてまた吸いはじめた
「飼っていた猫がすべて花嫁に追い払われたからさ」
「猫がいなくなると同時に手が発狂したからさ」

反復を断ち切るために

そのひと　つまり煙草を吸いはじめたそのひとは左腕を切り落とした
やめられないのは結局は左腕のせいだったという
「切り落とされた腕は眼下をゆっくりと沈みつづけているよ　今も」
「右手？　そのときはそのときさ」

――略――

物語はいつもここで立ち止まると言う
そのひと　つまり煙草をくわえた爬虫類であるそのひとには
両腕がない
「飛べない鶏が屋上の縁をよたよた歩いている」
「今？　今いちばん欲しいのはおしゃぶりさ」

（小杉元一「羊水呼吸」部分、「EOS」二号）

人生につまずいた人の、ひらき直った顔が見える詩だ。人はささやかな楽しみを持つことによって生き、それすら奪われた時に息を絶たれる。二十七年間で四十万本吸ったというヘビースモーカーもいるが、死んでもしたいことが人にはあるのだ。欲望を絶つために、数えきれぬほどのためらい傷をつけたあげく、その原因である腕を切り落とすという仮空の話。腕なんかなくたって煙草は吸える。肩のあたりに執念のように煙を吐き散らすこの詩を読んで「わたしは不幸にも知っている。時には嘘に依《よ》る外は語られぬ真実もあることを」（芥川龍之介）という言葉を思い出した。

サンマのハラワタが好きな東海林さだおは、サンマの開きを見るたびに胸がかきむしられると書いた。「ハラワタは一体どこに捨てられたのか。今からでも拾いに行きたい」と。ほろ苦いハラワタで一杯やる。誰が何と言ったって好きなものは好きなのだ。

たった二匹釣るために
みぞおちを流れる滝の音を聞きながら
五時間半さおを出している男の気がしれない

そばに葉の繁れる大樹があるのに
鉄筋コンクリートの電柱にしがみついて
さかんに訴えつづけるセミの気がしれない

ジジジジジジジジジジジジジジジジジジジジジジジジ
ジジジジジジジジジジジジジジジジジジジジジジジジ

水はもはや冷たいしずくであったことを忘れ
風はすれちがいざま熱を奪うつとめを忘れ
太陽はあらゆるものの影を作ることを忘れ

かしぐことさえ忘れて
ずうっとずっと
中天に貼りついたまま

（阿蘇豊「盛夏」、「釣果」十五号）

「のんきと見える人々も、心の底をたたいてみると、どこか悲しい音がする」と夏目漱石は書いたが、サラリーマンはみな孤独だ。つんのめって仕事をしてきた日々から、つかの間離れられるなら、半日水につかろうが雪に埋もれようが耐えられる。海や川はふるさとみたいなものだ。定年になるのは、そんななつかしい水に帰っていくことなのだろう。むかしの水が音をたてて流れる場所に一人立って心を遠くへと放つ。晴れわたった空に、失った玩具のような雲が浮いている。それをながめていると、世間との約束を破ったことも忘れられる。地球がゆっくりと自転しているのがわかる。

中上哲夫は〝釣りびとの諺〟として、「賭博打ちと雑魚釣りは親の死に目に逢えぬ」と書いた。どちらも面白くて夢中になって時のたつのを忘れ、帰ることを忘れるからだという。

肩をいからせる楽しみが人には一つ、二つあるが、人間であるためには、人間でないものと向きあうことが必要なのだ。

土が入った一メートル四方の箱にライ麦の種を蒔いたら、小さな芽が出た。土を全部取りのぞいて根の長さを一本一本計ったら、全長一万キロメートルあり、「シベリア鉄道を往復できる長さだった」と眼を輝かせた人を、私は笑えるか。白魚の頭の研究に一生を捧げた男はどうか。恋人を親友小林秀雄に奪われ、ワレ物など、女が一人で持ちきれない荷物を、小林の家まで届けてやった中也の痛ましいほどの愛。医者なのに、「ウナギを食べると数分で樹々の緑が鮮かに見える」と、生涯信じていた斎藤茂吉。彼らを「気がしれない」と一笑に付したあと、考えた。彼らが抱く〝うつろ〟を。

生涯負け続けることによって輝きを増すような、アホくささが空から落ちてきて頭を打つような人生に、私たちは密かに憧れている。

人であることは、いつも不安だ。

覚えないからくり返すのだが

まあ、花はえらいね
いろんな色に咲き分けて

隣に住んでいる
田野倉トメさん、八十九歳
毎朝、勝手にわが家の庭に入ってきて
ひとまわりして出ていく

花はえらいもんだよ
だれが色を塗ったという訳でもないのに
毎朝、同じことを言っているのに

本人はそのことに気づかない
毎朝、同じことを聞いているのに
聞いてる方も聞き飽きない

いつ聞いても
新しい
朝の言葉だ

（大橋政人「朝の言葉」、「ガーネット」五十一号）

作家正宗白鳥に向かってまじめな顔をして、「桜正宗はお宅で作っているのですか?」と聞いた深沢七郎が好きだ。堀口大学のところに、「貴大学の入学規則書をお送り下されたく候」という手紙を書いた人（不明）も好きだ。「詩集を五冊も欲しいという人がいましてな。五冊も何にしやはるんやろ。香奠返しにでも使わはるんやろか」と言った天野忠も、まるで自分の家の庭のように、毎朝堂々と他人の庭を歩いて花をめでていくこの詩のトメさんも。そこには計算のないユーモアがある。

色の白いのは七難かくすというが、性格、能力、容貌等が少々難アリでも、〝かわいげ〟のある人は憎めない。世間から好意をもって受け入れられる。「アイツは気がきかんところがあるけど、どこかかわいげがあるから大目に見てやれよ」という言葉を、長年の会社勤めの間に、何度も聞いた。男前で才能がある上に努力家であり身持ちもいいと、三拍子も四拍子もそろっている者ですら、かわいげがあるという人にはかなわない。
外へ出ると、ちょっと滑稽で憎めない人に時々出くわす。たとえば、スーパーで、奥さんのうしろを、カゴを持って粛々とついていく上下トレーナー姿のご主人。駅弁を食べる時、まずフタについたごはん粒を一つ一つていねいにはがして食べ、結局最後にごはんを残す人。都会のビルの谷間の渋滞した道路で、トラックとバスの間にはさまったオープンカーの男性。排ガスをもろに吸いながら、それほどきれいでもない（余計なお世話だが）女性と、平気をよそおって談笑しているのを見ると、がんばってね、と声をかけたくなる。他人の庭で毎朝同じことを言うトメさんは、新聞紙にくるんだ大根のようだ。「いつ聞いても／新しい／朝の言葉だ」と言わせる力がある。

覚えないからくり返すのだが
ネクタイというものは
何回締めれば締め方を覚えるものであるか
と思うときがある
そのネクタイを鏡に向かって締めて
背広を着て靴をはいて鞄を下げて
階段を下りたら帽子を忘れていた
階段を上って靴を脱ぎ帽子をかぶってまた靴をはき
階段を下りたら傘を忘れていた

階段を上って下駄箱にあったのを鞄に入れ
階段を下りたらサンダルをはいていた
階段を上りながら笑いがこみあげてきた
靴をはいたら首筋に汗をかいている
出かける前にくたびれちゃった

——略——

学習できない魚が何万年も釣られ続けるように
私はネクタイの締め方が覚えられない
言葉を間違って覚えているのではないか
ひょっとそんな気がする

（甲田四郎「くり返す」部分、「すてむ」二十九号）

今思い出してもおかしいとばかりに、本人がゲラゲラ笑いながら話すはなしが、聞き手にはそれほどおもしろくないことがよくあるが、どこまでもまじめな顔をしたこの詩を読んで、声をあげて笑った。人は、誰でもどこかに欠点を持っていて、いつか自分でそれに気がつく。そして、なんとかそれを矯《た》め直そうと努める。小学校の頃、算数の時間にコンパスで円を描くと、きまって円を閉じることができなかった。何度回しても、円は口があくのだ。コンパスを回しながら力を入れるために、少しずつ角度が開いていくのだという誰でもわかる原因に気づいたのは、中学に入ってからだった。
出勤前の朝は、一分一秒に追われて修羅場になる。忘れる物はいつも傘にサイフに定期券。あとケータイといったところか。それならそれで夜のうちに用意しておけばいいものを、毎朝家族を巻き込んで大騒ぎする。

たとえば
タカハシのおばさんの指がすきだ
もう三十年も電動ミシンをつかって
マットを縫ってきた指だ
電動ミシンは時計まわりに動かすので
ぬいしろをあわせる
ひだり人差し指にはとくに力がはいるのか
指先が異常なほど肥大している
それに
ちいさな水槽で
おなじ方向に廻っておよぐ鯉のからだが
湾曲するように
やや内側に曲がっている

（小野田潮「指」部分、『源流へ』）

三十年も同じ仕事をくり返せば指も変形する。「ちいさな水槽で／おなじ方向に廻っておよぐ鯉のからだが／湾曲するように」という詩行には、生きる哀しみと、それを黙々と受容する強さが見える。

〝くり返す〟ことの重さについて考えていたら、ゆうべの娘との会話を思い出した。

「今日はお昼に何食べた？」と娘に聞くと、「ん？　お昼？　えーとサイコロステーキランチ」ケータイを見ながら娘は言う。「え、ステーキ？　どこで？」「学食。海鮮丼が売り切れだったから」「……海鮮丼って、イクラとかホタテとかエビが入っているあれ？」「そう」（娘はずっとケータイを見ている）ふん、なーにがステーキだ、なにが海鮮丼だ。ふざけるな！　お母さんは今日も会社で忙しく走り回って仕事をして、昼はコンビニのたらこおにぎり（百円）と「お〜いお茶」（百四十円）ですませた。カレーパンとパックの牛乳の時もある。食うや食わずで働いているのだ。（ここで目が潤んでくる）「学生は豚汁とご飯でいいっ。カレーがあればいいっ」と言うと、娘はつっと顔を上げて言った。「おいしい物を食べることが困難な生活をくり返すと、心が狭くなるって心理学の先生が言ってたよ」

いろんな人が手を代え品を代え様々な言葉で言う。若い時は勉強が一番大事。本を読め。スポーツをやって体を鍛えろ。いろんな経験を積まなければ一人前にはなれない。何事も挑戦だ。誘惑に負けるな。自分自身に克て。がんばれ。がんばれ。確かにその通りだろう。役場の下級官吏で終わった親父や起業に失敗して負債を負った遠縁のオヤジ、資格や免許が取れず平々凡々なサラリーマンの叔父、校長になり損ねた隣家の区長、三流大学卒でうだつの上がらない歳の離れた兄貴まで、誰もがもっともな事を言う。勉強が大事。努力が第一。がんばればがんばっただけの結果が出る。みんなが激励のつもりで助言する。しかし本当にそうなのかと怪しむ。勉強しなかった人や努力を惜しんだ人の言葉は胸に響かず、水路を流れるゴミのようにすぐに見えなくなる。誘惑に負け、辛抱しないで、問題を先送りにして、努力をせず、がんばらず、日々の快楽を追い続けて一生を終えた人。がんばり続けて、途中で坂道を転げ落ちた人。そんな人でも必ず勉強が大事だと言う。胸に届かない言葉は鼻であしらわれ、あだになるが、それでもまだ、勉強が大事という言葉の意味だけは霞のように漂っている。

（高橋英司「大事」、「山形詩人」五十三号）

金子光晴は、着流しでゾロッとしていて、遠くから見るとテキヤの親分みたいだったという。生涯放浪癖は直らず、ヨーロッパ、中国、東南アジア等を無銭旅行して、「やらなかった職業は男娼ぐらいだろう」と言ったが、それは人に見せる姿で、本当は、おそろしいほどに勤勉だった。また、辻征夫の軽妙で洒脱な詩は、すべて血の出るような努力の果てに生まれたもの（井川博年）であり、一行たりとも手を抜かなかったという話を聞けば、うなだれる。「だらだら書いてるんじゃないよ」という声が聞こえてくるようだ。

夏の夕方、陽が沈んであたりが薄暗くなってからも、せっせと働いているアリをよく見かける。アリは残業もいとわないのだ。サービス残業がどうだとか、労働基準法がどうだとか言わない。勤勉、寡黙、秩序を遵守しつつ、貯蓄に励んでいる。人間社会も口を開けば、「がんばれ。がんばれ」だ。人はなぜアリのように働くのか。それはいつも自分と他人とを比べるからだ。気がつくと世間のあの人この人と自分を比較している。あの美しい夏目雅子も、死の前に、「この世から女優というものがみな消えてしまえばいいのに」と、闘争心をむき出しにしたように、少しでも人より輝いていたいのだ。その競争心こそが文明を発達させたと言えるのかもしれないが、社会は大きく変わった。「一生懸命働けばむくわれる」という一念で人生を送ってきた人も、まじめに勤めたあげく、中高年になって突然リストラされたりする。

絶滅した生きものと出くわして

おまイの。しせ（出世）にわ。みなたまけ（げ）ました。
わたくしもよろこんでをりまする。
——略——
ドか（どうか）はやく。きてくだされ。
かねを。もろた。こトたれにもきかせません。
それをきかせるトみなのれて（飲まれて）しまいます。
はやくきてくだされ。はやくきてくだされ。
はやくきてくだされ。はやくきてくだされ。
いしょ（一生）のたのみて。ありまする。

（野口シカ——息子野口英世へ宛てた手紙の一部、大正一年）

稚拙でたどたどしい、けれども、精一杯思いを込めたこのまっすぐなまっすぐな文章に、理屈抜きに心打たれた。
自分の不注意で、一歳半で囲炉裏に落ちて左手が焼け爛れてしまった息子英世を、学問で身を立たせるために必死で働いた母シカ。その願いどおりに英世は、海外の伝染病研究所に迎えられ、黄熱病の研究によって世界から評価された。その頃の手紙である。息子の成功を喜びつつも、長年会えない淋しさから会いたい一心で、忘れた文字を思い出し思い出し書いたのだ。極貧の農家に生まれ、七歳で他家に使用人として出され、人が寝静まってから月明かりの下、囲炉裏の灰に指でイロハを練習したシカの人生が、文字から鮮やかに立ち上がってくる。新聞に載ったシカの、はすかいにではなくまっすぐ人と向き合うこの言葉を、私は小さくたたんで胸にしまってある。
写真一枚、手紙一本が全てを語って、解説などいらないことがある。

……三百文のゼニセメトラレ候コト
センレイ（先例）ナキコトニテ候アイタ（間）
コトニ百姓スツナキコトニテ候
——略——
ケンチカンネン十月廿八日
百姓ラ申上
（紀州阿氐河荘《あてがわのしょう》の百姓たちの直訴状、建治元年十月二十八日）

ところどころに、知っている限りの漢字をはさんだ、今から七百年ほど前の胸がつまる直訴状だ。

高い税金をめぐって集まるのは、もう五回目だという。日照りが続いて三年続きの不作というのに、地頭は、とほうもない税金を課してくる。やっと手にした米は、みな持っていかれる。このままではのたれ死にする、と村中の百姓が集まった。

「こうなりゃ、もう領主へうったえるより、手ないで……」

「直願《じきがん》じゃ。直願じゃ」

「そんでも、誰が書くぞえ」

「万さん、字ィ、知っとるやろが」

口のうるさいのは多いが、字の読めるのは少ない。まして、字が書けるのは、万さんだけだ。やがて万さんは、ちびれた筆をなめながら、舌うちしつつ、かきだした。いちばん前であごに手をついて、「たいしたもんやで、万さんは」と感心しているのは、村一番の力持ちの留《とめ》である。

万さんは、〈三百文〉とかいて、

「誰か、ぜにちゅう字知らんか」

といいだした。

「そんなの知ってるやつ、いるもんか」

「しゃあないの。ほな、カタカナでいこか」

……三百文ノゼニ（銭）セメトラレ候コト　センレイ（先例）ナキコトニテ候アイタ（間）コトニ百姓スツナキコトニテ候……

（榊莫山『莫山つれづれ』）

やっとこさ書き終えて、万さんは一世一代の仕事をしたような顔つきだ。そのころ、餓死者が出るほどの飢饉が相次いで、農民は皆ふらふらだった。悪病が流行り、盗賊があちこちにあらわれ、博打や賭け事があとをたたなかった。庶民がヘトヘトだろうが何だろうが、お上が税金をむしり取るのは今も昔も変わらない。この訴状には、数え切れぬほどのためらい傷がある。体ごと揺さぶられるさびしさがある。

寒いシベリヤなんかで
死ぬって　悔しいよな
家族への遺言
それは　何度も聞いた

微かに動く口に耳をあて
なにかあるなら言い残すな
もっと生きたいとは言うな
ゆっくり死んでくれ

ゆ？　ゆってなんだ

湯のことか　雪のゆ　夢のゆ
夕暮れのゆ　言いきってくれ
温かいもの美しいものはない

降りこめる白い雪はある
痩せた顎だけの頬を叩く
おれに問いだけを残すな
答えろ　ゆってなんだ！
（シベリヤ・ツダゴウ収容所）

（鳴海英吉「ゆ・・・」、『資料・現代の詩二〇〇一』）

鮭茶漬けを食べながらこの詩を読んで、思わずハシを置いた。行間が激しく吹雪いて、茶漬けなんか食べていられない。午後から鳴り出した雷は、夕方になっていっそう激しくなり、稲光が茶漬けの上に降りかかる。「戦争への大きな腹立ちのために、小さな腹立ちが統一された」と書いて、自らの癇癪もちを終熄させたのは作家広津和郎だが、巨大で有無を言わせない〝戦争〟に憤怒しながら、残った力で死んでいく仲間を揺さぶる作者は、けれどもひどくかなしげだ。正体の知れないものに猟犬のように喰らいついて、今にも泣き崩れそうな自分と闘う姿が見える。

詩も小説も、格調高く百万人のために書いても感動するとはかぎらない。百万人の中の、たった一人のかなしみを書いて、初めて百万人がふり向くということがあるのだろう。

先日、科学博物館で、琥珀に閉じ込められた二匹のアリを見た。一匹のアリが、もう一匹のアリの尻をくわえているのは、数千万年前、垂れる松ヤニに肢をとられた仲間を助けようとして、巻き添えになったからだ。松ヤニから逃れようと、自らの肢を切ったカトンボもいたが、真摯で心打つ姿は、それだけで全てを語って解説など不要だ。

車で田舎の道を走っていたら、遠く、畑のまん中に、大きなケヤキの木が見えた。地下深く水を汲み上げて、枝を広げ葉を繁らせ濃い陰を落として、何百年もただ立っている。その姿を見ると、木と生きてきた私たちの〝紙〟との暮らしを考える。

日々のつなぎ目に手をかけて、床に積まれてホコリをかぶった紙（本）に語りかける詩を読んだ。

きょうかたびら　を　きせる　ように
しろい　ビニール　の　ひも　で
なかま　と　いっしょ　に
しばって　やる

ながい　わかれ　を　する　まえ　に
からだ　が　しなう　ほど　だきあう　ように
かたく　きつく　しばる

さいご　の　ページ　に
きえかかった　ひづけ　を　みつけ
その　ころ　を　おもいだし
やわらかに　さすって　やる
こわがる　こと　わ　ない　よ　と
こころ　の　なか　で
こえ　を　かけながら

ある　とき　わ
ふみだい　の　かわり　に　した　こと　を
わび　ながら
あし　の　うら　に　つたわる
やわらかな　はだざわり　を　おもいだす

したい　おきば　の　ような　つめたい　ほんだな　の　うえ　に
きょうかたびら　の　むれ　を
きちんと　ならべる

とつぜん
いきかえった　ように
ひとくみ　が　ゆか　の　うえ　に　くずれ　おちる
われた　こえ　で　わかれ　の　あいさつ　を　さけぶ

さいだん　の　まえ　に
もう　いちど　きちんと　ならべる
ふたたび　だれ　か　に　あえる　のぞみ　も　なく
ただ　とけていく　せかい　え　おくる　ために

いちど　みた　だけ　で
はなした　こと　わ　ない　もの　が　いる
だが　なんねん　か　ひとつ　の　やね　の　した　に　くらし
おなじ　くうき　を　すって　きた

みぎて　を　あげて
さいご　の　きょしゅ　の　れい　を　する　（くらもちさぶろう「そうしき」、「ガニメデ」四十三号）

読もうと思って目を輝かせて買ってきた本が、本棚からあふれ、床に山積みになったまま、少しホコリをかぶって長い月日を踏んばっている。読まないまま西日が当たって、黄ばんだ通信簿みたいにマンダラになったその横を通るたびに私は俯く。時々けつまずく。

八年ほど前、東京・神田古書店街へ出かけ、三日間で百軒近くを見て回って、ダンボール五箱分の本を買った。これも読みたいあれも読みたいと、目を輝かせて買ったのに、まだ封をしたままだ。仕事が忙しかったからという言い訳と一緒に、階段下の物置きのような暗がりに積んである。この詩からは、それやこれやの本を資源ゴミに出す時の、せつないような、悔しいような思いが切々と伝わってくる。それは、室内灯を消した回送列車が、暮れなずむ山脈に向かって走り去る光景に似て、軽トラックに積まれた本を全力で走って取り戻したくなるが、一方で、本と対等に心をほどいて向きあう姿も見え、重たい心が軽くなった。そんな話を一つ思い出した。

戦後すぐ、画家平山郁夫は東京美術学校（現東京藝術大学）に入学した。意気揚々と入学してきた百五十人に向かって校長は、「諸君らのうち、宝石はたった一粒です。その一粒を見つけるために君らを集めた。他は石にすぎません」と言った。それを聞いて平山は、自分はただの石だとあきらめ、退学しようとした。その時、新任でやってきた先生が平山に言った。「君の絵はこれ以上、下手にならない。おおらかにやりなさい」

「おおらかにやりなさい」この一言がなかったら、平山はおそらく画家の道を捨てただろう。平山の、大河のように流れる静謐な抒情を、私たちは目にすることはできなかったにちがいない。

えーか、えーか、
えかえかえか
キロなんぼ！　キロなんぼ！　キロなんぼ！

尾鷲漁港朝七時。ジリリリリとベルが港内にけたたましく鳴り響くと、競りが始まる。水揚げされたばかりのアンコウ、剣先イカ、手長海老、岩牡蠣等が並んだ前で、呪文のような、ドスのきいた声を張り上げる競り人。弱りかけた地球の磁気など、蹴散らす勢いだ。時折、「ハアッ」と気合いを入れると、仲買人は手を高く上げ、指を立てたり引っ込めたりする。競り人が何と言ったか聞き直すことなどできないが、その勢いは、文字にすると紙の裏ににじみ出るほどだ。

千年たっても、波のくだけ方は変わらないように、親と子の情愛は不変なのだろう。野口シカの、体じゅうを水でいっぱいにした文章を読むと、絶滅したはずの生きものと出くわした気持ちになり、会いたい人に今すぐ会いたくなる。真っ青に澄んだ空に向かう飛行機のように、わきめもふらずに突っ込んでいきたくなる。

あしのうらがふと空に憧れた

すぐにしなければいけなかったのに
あそびほうけてときだけがこんなにたってしまった
いまならたやすくできてあしたのあさには
はいできましたとさしだすことができるのに
せんせいはせんねんとしおいてなくなってしまわれて
もうわたくしのしゅくだいをみてはくださらない
わかきひに　ただいちど
あそんでいるわたくしのあたまにてをおいて
げんきがいいなとほほえんでくださったばっかりに
わたくしはいっしょうをゆめのようにすごしてしまった

（辻征夫「宿題」、『萌えいづる若葉に対峙して』）

家で遅い夕食をとりながらこの詩を読んで、ふいにハシが止まった。〝いっしょうをゆめのようにすごす〟とは、どんなすごし方なのだろう。

私はかれこれ三十年もの間、毎朝六時に起きた。起きたと言うより、飛び起きたと言った方が正しい。起きたら走る。走りながら塩鮭を焼き（ウソではない）、走りながら作ったナメコの味噌汁に、庭のネギを散らしたら、夫よりも子供よりも早く家を飛び出す。会社ではコンピューターを叩きまくる。叩きながら客に電話をかけ、書類をつかみゴミ箱を飛び越えて走る。（学生時代陸上部だったから、足には自信がある）暗くなるまで残業して、なお走り足らずに、帰りは駅まで走る。毎日がこの繰り返しだ。世間は春だというのに、梅の香りもスイセンの花もあったものじゃない。何年ぶりかでウグイスの鳴き声を聞くということもあった。

ウーム、こんなことでいいのか。一日をガスや水道の栓をひねることで迎え、一本のビール（二本の時もある）と、里いもの煮ころがしと、鰺のひらきをむしることで締めくくっていいのか。詩なんかを書きながら〝ゆめのように〟生きていきたいと思っていたのに、気がついたらいっしんに会社勤めをしていた。

「生きるとは、どれだけ失うことができるかだ」などと伊藤海彦はカッコよく書いたが、〝すぐにしなければいけない〟大切なことが、私にもあった気がしてならない。

昔の秋田は大雪が降った。軒下まで雪が積もるから、他人の家の屋根を道がわりに歩いて学校へ通った。そんな雪国では、長いつららが溶け雪が溶け、地べたが見え始めた頃を〝春〟と言った。五月、少し顔を出した土の上でなわとびなどして遊んでいると、どこからともなくその紙芝居のおじさんはやってきた。大きな荷台のついた自転車を引っぱり、ピープーとラッパを吹きながらやってきて、真っ青な空の下、朗々と声を張りあげた。物語は実に哀しくて、哀しみの極みまでくると、おじさんはかならず「つづくゥー」と言った。「つづくゥー」って言われたって帰るわけにいかないから、おじさんの後を金魚のフンのようについていく。

すごい年月帰ってなかった
生家へ帰る夢をよくみる
（まいとしちゃんと帰っているのに）
すごい年月会ってなかった
生母に出会う夢をよくみる
（ぼくにはちゃんとははがいるのに）
路地はぬかるみわだちのあとも
あの日のまんまうずまいていて
くろぐろしめった櫺子《れんじ》のむこう
表札の名もあの日のまんま
おもいだせない名が刻まれていて
（ぼくにはちゃんと氏名があるのに）

木戸をあけると涼しいおとが
涼しい鈴《りん》の鳴るおとがして
なつかしいその闇の奥から
菜箸の冷えた匂いがしてくる
ぼくはいつころあそこにいたのか
そうしていつからここにいるのか
だれにもつげずあそこから
どうして出奔してしまったのか

（池井昌樹「生家」部分、『月下の一群』）

あれから何十年も月日が流れた。秋田に帰っても「おかえり」と言ってくれる人は、もう誰もいない。杉皮葺きの生家は軒先を傾けたまま、朽ちかけた表札をぶら下げて、ぬかるんだ町に張りついている。使い古したタンスは、もうタンスだろうが箱だろうがどっちでもいいというふうにほこりをかぶり、障子は、もう開ける必要も閉める必要もないとばかりに、破れている。

紙芝居のおじさんはどうなったか。「アジキ（小豆）相場に手ェだスて、人の金サ集めでどごがさ逃げだべ」と八百昭のおばさん（売れ残ったバナナをよくくれた）は言う。聞けばおばさんはなけなしのへソクリをそっくり持っていかれたという。「ログなもんでねェ」と声を荒げる。春になると子供たちがみな首を長くして待っていた紙芝居屋は、時がたって、「ログなもんでねェ」になっていた。

おじさんは一体どうしたのだろう。わかるんだかわからないんだかわからぬ子供を相手に、三十分も声をはり上げて、一人たったの五円。中にはタダ見する者（私もその一人）もいる。暑い日もあれば寒い日もある。風の日もあるし雨の降る日もある。もうこんなことやってられねェと思ったかどうか。もう二度と私たちの前に姿をあらわせないおじさんも、この詩にあるように、生家へ帰る夢を見たのだろうか。「いつからここにいるのか／だれにもつげずあそこから／どうして出奔してしまったのか」と、遠い空の下で思ったのだろうか。

カーブ・ミラーが
ぽかんと　うえをむいて
空をうつしている

曲り角で
人や　車や
そこの出来事を
うつすのを　やめて

（はたちよしこ「カーブ・ミラー」、「詩学」一九九四年四月号）

頭に手を置かれて「げんきがいいな」と言われたばっかりに、人は、空ばかりを映すカーブ・ミラーのように、ゆめのような人生を送ってしまうことがある。

生まれ故郷に見捨てられた見本のような一人に、萩原朔太郎がいる。『月に吠える』、『青猫』など日本の詩壇に不滅の詩集を残して、人々の心をとりこにした朔太郎は、だが、故郷前橋の人々に「あそこを白痴《ばか》が行く」などと言われた。娘萩原葉子によると、代々、医家に生まれ、当然医者になることを期待された朔太郎は、虚弱で過敏な年少の頃に、父親が死体を解剖するのに立ちあわされ、ショックから、高熱を出して寝込んでしまった。そんな朔太郎が離婚し、二児を抱えて帰郷する日、母親は、つまずくと危ないからと、道の大きな石ころをどけに行ったという。勤勉な開業医であり、名医と言われて尊敬されていた父親は、後も継がずに詩などを書いて、いい年をして居候する息子を「羽織ゴロ」と言って軽侮し、人々は「河原乞食」と言ってからかった。

「詩が人間をなまくらにするというよりも、人間をなまくらにする要素が詩に含まれている。詩を始めたばっかりに、悪者にもなりきれないで中途半端なぐずぐずな生活を送ったものが僕の周囲にも二人や三人ではない」と金子光晴は言ったが、〝詩を始めたばっかりに〟という言葉は、朗々と詩を語るかのような紙芝居屋や、朔太郎のためにあるのかもしれない。

はずれるのは
はめこまれたものばかりとは
かぎらない

何に

寄りかかっているわけでも
ないのに
いきなりぼくのむこうが
はずれて
ぼくはむこう側へ落ちてしまう

いちどはずれたら　つまらない
うちの下駄箱の扉だって
日曜日
もとにははめなおせない

古い角の風が
靴や
サンダルの
奥
深くから
ぼくの顔を
吹きつける

膝をはたいて
立ちあがり
次は何をはめればいいのか……

ぼくをはずして
朝
玄関の戸をあけると
空がまっさかさまに
ぼくの中をおちてゆく

（松下育男「はずれる」、『松下育男詩集』）

飛行機雲を引いて空を横切っていたはずの旅客機が、よそ見した瞬間に消えたことがあった。動悸がするほど青い空は、もうひとつの空を隠している気配がしたが、半生が、ボードのように回転して、まっさらな時間があらわになったこの詩を読んで、ふいにあの空を思い出した。通過しなかった夏を思った。

「かなしき郷土よ。人々は私に情なくして、いつも白い眼でにらんでゐた。単に私が無職であり、もしくは変人であるといふ理由をもつて、あはれな詩人を嘲辱し、私の背後から唾をかけた」

生まれ故郷からはずれた朔太郎が、死の直前にしたことは、書斎の引き出しという引き出しに鍵をかけ、「手をふれるべからず」と書いた紙を残すことだった。引き出しを開けてみると中身は手品の小道具であり、紙には手品の種あかしが書かれていた。「萩原医院の坊ちゃん」などと言って頭をなでたあげくに、バカ扱いした世間への、それが朔太郎の最初で最後の仕返しだったと言えるだろう。「つづくゥー」と言ったまま、紙芝居屋は、三十年余も姿を見せない。

あしのうらがふと空に憧れた。
僕はつまづいてひっくりかえる。

（山田孝「憧憬」、『かっぱの皿』）

地べたに足をくっつけて町から町へと歩き、足の裏だけを信じて生きたはずが、ふとしたことがきっかけで、半生をグラリと傾ける。その一瞬にも詩は隠されている。

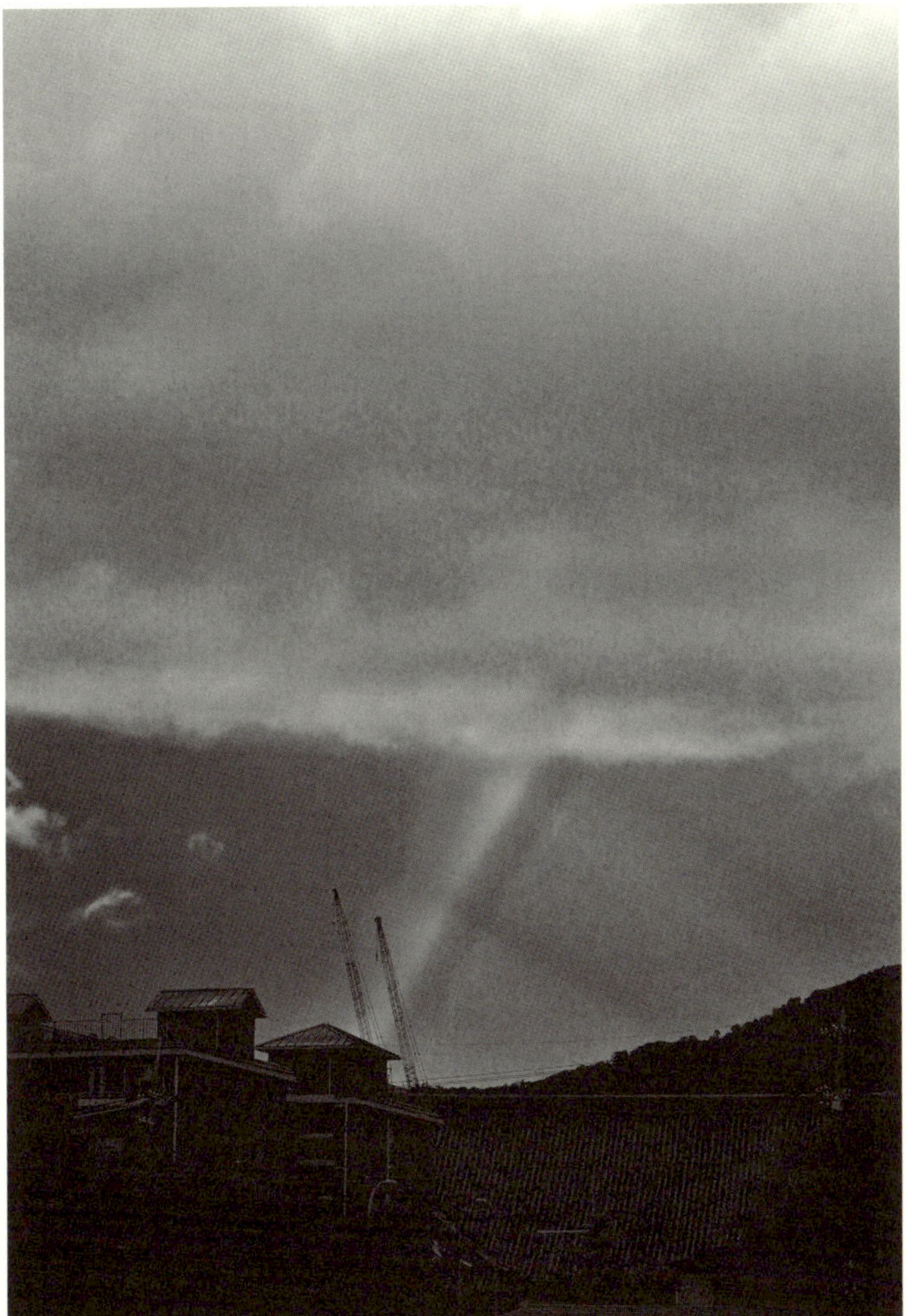

田沼武能『作家の風貌』（ちくま文庫）
戸板康二『ちょっといい話』（文春文庫）
夏目鏡子『漱石の思い出』（角川文庫）
夏目伸六『猫の墓』（河出文庫）
ナンシー関『ナンシー関の顔面手帖』（角川文庫）
萩原葉子『蕁麻の家』（講談社文芸文庫）、『父・萩原朔太郎』（中央公論社）
長谷川泉編『病跡からみた作家の軌跡』（至文堂）
平山三郎『詩琴酒の人』（小沢書店）
藤本義一『無念のアウトロー　平賀源内』（サライ）
文藝春秋編『孤高の鬼たち』（文藝春秋）
文芸読本『中原中也』（河出書房新社）
森田草平『夏目漱石』（講談社学術文庫）
山田風太郎『人間臨終図巻』（徳間書店）
山本容朗『作家の生態学』（文藝春秋）、『酒呑みに献げる本』（光文社文庫）

三度のめしより　周辺

岩木誠一郎詩集『夕方の耳』(ミッドナイト・プレス)
川端進詩集『釣人知らず』(ふらんす堂)
佐々木安美詩集『新しい浮子　古い浮子』(栗売社)
高階杞一詩集『桃の花』(砂子屋書房)
田中武詩集『雑草屋』(花神社)
林嗣夫詩集『あなたの前に』(ふたば工房)
平田好輝詩集『ひと夏だけではなく』(横浜詩人会)
福間健二詩集『青い家』(思潮社)
麦朝夫詩集『どないもこないも』(鳥語社)
現代詩文庫『天野忠詩集』(思潮社)
現代詩文庫『井川博年詩集』(思潮社)
現代詩文庫『池井昌樹詩集』(思潮社)
日本現代詩文庫『甲田四郎詩集』(土曜美術社出版販売)
新・日本現代詩文庫『高橋英司詩集』(土曜美術社出版販売)

嵐山光三郎『文人悪食』(新潮文庫)、『日本一周ローカル線温泉旅』(講談社現代新書)、『追悼の達人』(新潮社)、『かわいい自分には旅をさせろ』(講談社)、『素人庖丁記』(講談社)
井伏鱒二『文士の風貌』(福武書店)
内田百閒『凹凸道』(旺文社文庫)、『百鬼園寫眞帖』(旺文社)
金田浩一呂『文士とっておきの話』(講談社)
河盛好蔵編『井伏さんの横顔』(彌生書房)
北杜夫『マンボウ恐妻記』(新潮文庫)
古今亭志ん生『びんぼう自慢』(ちくま文庫)
榊莫山『莫山つれづれ』(新潮社)
佐藤愛子『愛子』(角川文庫)、『血脈』(文藝春秋)
東海林さだお『鯛ヤキの丸かじり』(文春文庫)、『親子丼の丸かじり』(文春文庫)、『ヘンな事ばかり考える男　ヘンな事は考えない女』(文藝春秋)
瀬戸内寂聴『生きた　書いた　愛した』(新潮社)
谷沢永一『人間通』(新潮選書)

北川朱実（きたがわ　あけみ）

一九五二年、秋田県に生まれる。

詩集

『神の人事』（詩学社）

『人のかたち 鳥のかたち』（思潮社）

『電話ボックスに降る雨』（思潮社）

『ラムネの瓶、錆びた炭酸ガスのばくはつ』（思潮社）

＊第二十九回詩歌文学館賞受賞

など

詩論集

『死んでなお生きる詩人』（思潮社）

＊本書は、詩誌「石の詩」に二〇〇〇年から二〇一三年にわたって連載したものの中から取捨し、補筆、訂正したものである。

三《さん》度《ど》のめしより

著者
北川《きたがわ》朱《あけ》実《み》

発行者
小田久郎

発行所
株式会社思潮社
〒一六二—〇八四二　東京都新宿区市谷砂土原町三—十五
電話〇三（三二六七）八一五三（営業）・八一四一（編集）
ＦＡＸ〇三（三二六七）八一四二

印刷所
三報社印刷株式会社

製本所
誠製本株式会社

発行日
二〇一五年八月八日